副社長はキスがお上手

水上ルイ

幻冬舎ルチル文庫

CONTENTS

✦目次✦

副社長はキスがお上手

✦カバーデザイン＝高津深春（CoCo.Design）
✦ブックデザイン＝まるか工房

イラスト・吹山りこ ✦

めぐりあうジュエリーデザイナー

YUTARO・1

オレがアントニオ・ガヴァエッツリを知ったのは、実はけっこう前。まだ美大生の頃。将来、その男が自分にどんなに深く関わってくるかなんて、想像もつかなかったんだけどね。


「……うう－ん。『天は二物を与えず』なんていうのは、やっぱ嘘《うそ》だよね」

早朝、学校のアトリエ。オレはデザイン雑誌を見つめて呟《つぶや》いていた。

オレの前には、立てられた二脚のイーゼル。手には朝食のあんぱんと牛乳。膝《ひざ》の上には、一番オシャレ、と最近お気に入りの雑誌『＋G・D』が乗っている。

今日の課題は静物デッサンだった。

デッサンの日は、いい位置にイーゼルを立てて、素早く場所を取るのが、すごく大事。変なアングルの場所しか取れないと、いい点をもらえるナイスなデッサンを描くのは難しい。

三十分もしたら、デザイン科の皆がなだれ込んできて、この部屋はイーゼルでいっぱいになる。

オレは自分のため……というよりは憧《あこが》れの可愛《かわい》い子のために、今朝は超・早起きをした。

仲良しの校務員のじいちゃんに鍵《かぎ》を開けてもらって、早々とアトリエに入った。

そしてさっそくいい位置にイーゼルを二脚立て、憧れの子の到着を待っている。

「……あの世界に名だたる大富豪ガヴァエッツリ一族の御曹司《おんぞうし》で、まだ二十六歳なのにガヴァエッツリの副社長？　そのうえこんなにデザインセンスがいいなんて……」

オレは、雑誌を見つめてため息をつく。

「……世の中って不公平だぜ！」

今回の特集は『若手有名デザイナー』。その業界内で注目されてる実力派デザイナーがピックアップされて、一人ずつ載《の》せられている。

一言にデザインといっても、たくさんの業種がある。建築デザイン、グラフィックデザイン、インテリアデザイン、ファッションデザイン、それにファッションの系統として、ジュエリーデザインなんてものもあるらしく……そこには、オレだって聞いたことがあるくらいの有名な宝飾品会社『ガヴァエッツリ・ジョイエッロ』のデザイナーが、一人取り上げられていた。

その『アントニオ・ガヴァエッツリ』っていう男のページを開いて、オレは唸《うな》っていた。

「……さらにさらに、こんなすっごい美形だもんなあ。……許せないな！」

そこには、パリコレのモデルにしか見えないような、すごいハンサムの写真が載っていた。

さすがイタリア人って感じの、彫りの深い顔。背の高そうな、彫刻みたいに端整な身体《からだ》の骨格。ガッシリした肩を包む、仕立ての良さそうなイタリアンスーツ。ピンストライプのシャツに派手めのネクタイ。そこらの男が着たらかなりキザになりそうな組み合わせだけど……この男だと、なんだか妙にお洒落《しゃれ》に見える。

椅子《いす》に座り、長い脚を組んで、ホテルの一室らしき贅沢《ぜいたく》な部屋の中でインタビューを受けている。

いかにもお金持ちそうな手入れの行き届いた指には、紫煙の上がる細い紙巻煙草《たばこ》。形のいい額に落ちかかる、少しクセのある黒い髪。

まつげの長い、男のオレでもドキドキしそうな、妙にセクシーな目。

視線はインタビュアーに向けられているみたいにカメラからは外れているんだけど……その真っ黒で綺麗《きれい》な瞳《ひとみ》の中には、斜《しゃ》に構えたような、なんとなく寂《さび》しげな翳《かげ》がある。

インタビューの内容を読むと、その男っぽい薄い唇からはすごくマジメな言葉が出ているはずなんだけど……その唇の端に、解るか解らないかの、ごく微《かす》かな笑いが浮かんでる。

『そんなくだらない質問ばかりして、君は面白い？』と言ってるような、なんだかすごく皮肉な……。

「性格悪そうーっ！」

「おはよう、悠太郎《ゆうたろう》。……朝からなに叫んでるの？」

ドアの方から、少し笑いを含んだ甘い声。これは、オレの可愛い、憧れの……、

「あきやっ！」

オレは鞄《かばん》の上に雑誌を放り出し、慌《あわ》てて立ち上がって彼に駆け寄る。

「オレが場所取りしててやるから、ゆっくり寝てから来ればいいって言ったのにっ！」

「そんなことできないよ。……悠太郎が早起きするなら、僕も早起きする」

その顔に、ふわりと天使のような笑みを浮かべる。

「ああっ！　なんて可愛いことを言うんだっ！　今朝も綺麗だよ、あきやっ！」

オレは、彼の華奢《きゃしゃ》で柔《やわ》らかな身体をきゅうっと抱きしめながら、

「だいじょうぶか？　血圧下がってないか？　早起きしすぎて気持ち悪くなってないか？」

晶也《あきや》とオレは、五センチくらいしか身長が変わらない。もちろんオレのが大きいけど。

……だけど彼の身体はなんだかどこもかしこも華奢で、すらりとしていて……。

「……大丈夫だよ。悠太郎ってば、心配性なんだから」

耳のすぐ傍《そば》でクスリと笑う、語尾の少しかすれた甘い声。

オレはため息をついて彼の身体を放し、さらさらの前髪をかき上げて晶也の白い額に触れてみる。

「そりゃ心配だよ。だってあきや、この前だっていきなり倒れたじゃんか」

そう。製作期間が短くてすごくキツイ課題の提出日。皆、そんなんできるかって文句を言

って手抜きの作品を出したし、オレも適当に描きなぐって提出してしまった。晶也は少し疲れた顔でアトリエに来て、教授の度胆《どぎも》を抜くようなすごく凝《こ》ってて格好いいデザイン画を提出した。講評（絵を並べて皆の前で審査をされるという恐ろしい代物）で満点を取り、教授の長い話にニコニコしながら付き合い、アトリエを出て、オレと二人きりになったとたん……その場に倒れた。

「あはは。だってあの時は、課題に熱中して四日間完徹だったんだもん。……もう、眠くて眠くて」

「眠くてじゃないっ！　おまえあんなに熱があるのに、課題なんか出しに来て！　しかもすぐ帰って寝ればいいのに教授の長話にまで付き合って！　あのあと病院で点滴打ったの、忘れたのか？」

皆に少しでも心配をかけないように、自分が弱っていることを必死で隠し通す。そのためにさらに自分が弱くなったり傷ついたりしてもかまわない。彼はそんな子だ。

彼は、とても優《すぐ》れた感性と、人より秀でた才能を持っている。だけどそれにおごることがなく、どんなに苦しくても、美しいものを追求することを絶対にやめようとしない。

……オレは、どんなに頑張っても、彼には勝てないって思ってる。

オレの名前は、森《もり》悠太郎。二十歳。都内にある私立の美術大学に通う大学生。

実家がある九州にいる時は、絵の才能があるって言われてて、自分でもその気になっちゃって。

東京の美大に入っても、自分が一番だと思ってた。今も、ほとんど誰にも負けてないって思う。

だけど彼に会って、彼の描く絵を見た瞬間に……自分は、彼にだけは勝てないって思ったんだ。

彼の名前は、篠原晶也《しのはらあきや》。オレと同い歳《どし》の二十歳。同じ美大、デザイン科の同級生。

そして……初めて見た時は思わず見惚《みと》れちゃったほどの……ものすごく美しい子だ。

すらっとした身体、あごのきゅっと締まった小さな顔、艶々《つやつや》と光を反射する柔らかな茶色の髪。ミルク色の頬《ほお》、長い長いまつげ、色素の薄い茶色の瞳、そしてキスしたくなるような、桜色の唇。

彼と出会ったのは、美大の入学式の日。その頃の晶也は、美少女としか思えないような綺麗な顔と、少年らしい凜《りん》とした雰囲気を持っていて……それがなんだか不思議な色気を発していて……。

同級生や上級生が、晶也が歩くとずうっと憧れの目で追ってたのを覚えてる。

それも女の子だけじゃなくて……ヤローどもまで。

オレはその日から、晶也のナイトとして、悪い男どもから彼を守ることに決めたんだよね。

「あきやのために、野菜サンド買っといたんだ！　あとコーヒー牛乳！」

「あ、うれしい！　ありがとう！　悠太郎の……おごり？」

「こら！　そんなわけないだろ！　カラダで返せーっ！」

笑いあい、じゃれあうオレたちの上には、あたたかな陽差《ひざ》しが降り注《そそ》いでいて。

オレは幸せを感じながら、さっき見たアントニオって人の端整で寂しげな顔を思い出していた。

……こういう楽しい時間を知らないから、あの人、あんな目をしちゃうんじゃないのかな？

ANTONIO・1

「……くだらない。本当にくだらない」

私は、送られてきた『＋G・D』というデザイン雑誌をローテーブルの上に放り出しながら言う。

ソファの向かい側に座った男が、日本人とは思えぬ流暢《りゅうちょう》な発音のイタリア語で、

「通りいっぺんの質問、無難な答え。多少つまらないだけで、特に問題はないと思いますが？」

「あまりにくだらなかったので、編集長に頼んでここまで削らせたんだよ」

私は、彼が作ったひどい味のカクテルを飲み干し、空《から》のグラスを相手に差し出す。

彼はあきれたような顔でグラスを受け取って立ち上がる。ミニバーに向かいながら、

「いったいどんなくだらない質問をされたんですか？　……そうとう面白そうだな」

言って、その憎《にく》たらしいほどハンサムな顔に、皮肉な笑いを浮かべる。私はため息をついて、

「女性記者は、開口一番、『私のような女は好きか？　抱いてみたくはないか？』と聞いてきた」

彼は、ミニバーの棚《たな》から出した酒を手当たり次第に混ぜながら、楽しそうに笑って、

「大富豪の御曹司で、独身で、どちらかといえばハンサムな部類だ。聞いてみたくもなるでしょう」

「『どちらかといえば』とはなんだ？　こんなハンサムは世界中探してもめったにいないぞ！」

私が自信を持って言うと、彼はわざとらしく大きなため息をつきながら、

「あなたは俺の上司だ。一応そういうことにしておきましょう。……それで？」

「『一応』とは……まあ、いい。あまりにしつこいので『美人だと思うが君に興味はない』と答えると、『おまえはゲイなのか？』と。そこから先は、三流ゴシップ誌なみの質問ばかりだ」

向かいに座った男は、その精悍《せいかん》な顔に少しだけ驚いたような表情を浮かべて、

「『私はゲイだ』と、正直に答えたんですか？」

「そんなことを答えたら、伝統ある宝飾店、ガヴァエッリ・ジョイエッロはその時点でお終《しま》いだ。うちの顧客《こきゃく》に誰がいると思う？　某国王妃、某国大統領夫人、映画スター……」

私の脳裏を、ガヴァエッリ・ジョイエッロのローマ本店の様子がよぎる。

大理石の床、優雅な柱、豪華なシャンデリア。金縁の大仰《おおぎょう》な陳列ケースに並んだ、数億円相当の宝飾品の数々。それはまるで王の墓に入れられた遺品のように、静かに眠っている。

一昔前は予約でいっぱいだったガヴァエッリ本店には、今はほとんど人影もない。

私はグラスをあおって一気に空にしてから、長いため息をつく。

「……そうでなくても、ガヴァエッリはもうお終いかもしれないけれどね」

私の名前は、アントニオ・ガヴァエッリ。二十六歳。

イタリアでも、いや、世界に名の知られた大富豪、ガヴァエッリ一族の直系の子孫。現在の当主の次男にあたる。

ガヴァエッリ家は、北イタリアに大きな領地を持つ貴族だ。先祖の誰かに宝石好きがいたらしく、その財力を生かして一流の宝石職人をイタリア中から集めた。その数十年後にはイタリアの一流の通りに大きな宝石店を出し、世界中の王室から御用達《ごようたし》にされるほどに成長していた。今ではガヴァエッリ一族は、宝飾品だけでなく様々な事業にも手を広げる、世界でも有数の大富豪だ。

……多分、金勘定の得意な人間が多い、小狡《こずる》い家柄なのだろう。

私は、ため息をつきながら思う。

……でなければ、うちの父親や兄貴のようなヤツらが生まれてくるわけがない。

私の父親のパオロ・ガヴァエッリと実兄のマジオ・ガヴァエッリは、美的センスゼロの経営者タイプだ。金のことを一番に考え、全てを計算ずくで行い、血も涙もない。

……私の、一番苦手とするタイプの人種だ。

私は彼らに対抗するように、美術を専攻し、宝石の鑑定士資格を取り、そしてデザイナーになった。

美的センスと宝石に関する知識では、彼らには絶対に負けない自信がある。

……というより、私は美術に関することでは、生まれてこのかた誰にも負けたことがなかった。

自分は、現代のジュエリーデザイナーとしては世界一かもしれない、そう思っていた。

……目の前にいる、この男に会うまでは。

彼の名前は、黒川雅樹《くろかわまさき》。二十五歳。国籍は日本。

日本の東京美術大学を出、イタリアに美術留学をして、ガヴァエッリ・ジョイエッロのイタリア本社の宝石デザイナー室の入社試験を受けに来た。

長いガヴァエッリの歴史の中で、本社デザイナー室にイタリア人以外の人間が採用されたことはない。日本人なら、日本支社のデザイナー試験でも受ければいいのに、と正直言って思った。

私は、なんて物好きな男だろう、とため息をつきながら、届いた書類を開き……。

そこに同封されていた、彼のデザイン画を見て……そのまま固まった。

すぐに面接の手配をし、彼の顔を見た瞬間……この男は自分の一生に深く関わってくる、と実感した。そして、彼を本社ジュエリーデザイナーとして採用することをその場で決めた。私は生まれて初めて、自分と同等か、でなければ上の実力を持つと思える人間に出会ったのだ。

私は、三杯目の不気味なカクテルを飲み干す。

愚痴を聞かせる方は、相手が作ったどんなカクテルでも飲むのが決まりだ。……しかし。

「……マサキ。なにを入れたら、こんなに不味《まず》くできるんだ?」

眉《まゆ》をひそめてしまいながら言うと、彼は真面目な顔のまま、

「ブランデーとアニス酒を、アロマチック・ビターズとグレナデン・シロップで割ってみました。あなたは、甘くて苦い、お子様のシロップ薬みたいな味が大嫌いなようだから」

「副社長で、デザイナー室の上司の私に、どうしてわざわざ不味いものを作るんだ?」

「愚痴などこぼさずに、ポジティヴに考えなさい、という部下としての思いやりですよ」

さらりと言って肩をすくめてみせる。私は彼を睨《にら》んで、

「……嘘をつけ。昨夜、残業させたから、その仕返しだろう?」

言うと、彼はその端整な顔にニヤリと意地悪な笑いを浮かべ、

「……まあ、それもないとは言えないな」

彼、黒川雅樹が入社してから、私と彼は奇妙な友人のようになった。

私と彼は、なにかが不思議なほど似ていた。それはこの年齢にしてはありあまる実力でもあり、恵まれたルックスでもあり、冷徹で斜に構えたような性格でもあり……。

そして、大きな共通点は……二人とも、ゲイだということだ。

雅樹は完璧主義の神経質さゆえに、私は単なる造形的な趣味で、女性を恋愛対象としてみることができない。恋愛対象となるのは、男だけ。ただし、妥協は許さないので好みはかなり厳《きび》しい。

付け加えれば、恋愛対象にならないからと言って、女性を蔑視《べっし》しているわけではない。女性は私にとって母なるものの象徴《しょうちょう》であり、崇高《すうこう》で触れがたいものである。

二人ともゲイだとはいえ、もちろん私と雅樹に肉体関係はない。ゲイには男役と女役の両方をこなせる人間もいるらしいが、私も雅樹も男役以外は絶対にしない主義だ。

ただ、黒川雅樹は、その主義を曲げてもいいかな、とチラリと思うほどのいい男なのだが。

「マサキ。上司がポジティヴになれるように、協力する気はないか？」

私が言うと、雅樹は、自分の分の美味《うま》そうなマティーニを優雅な仕草で一口飲んで、

「……協力の種類にもよりますが？」

眉を上げ、その精悍な黒い瞳で私を見つめる。

雅樹は人を見つめる時、少しだけ睨むように目を眇《すが》める癖《くせ》がある。

まったく意識はしていないのだろうが、雅樹のような完璧に整った美形がこういう目をす

ると、ゾクゾクするほどセクシーだ。

「おまえが主義を曲げて、ベッドで朝までなぐさめてくれるとか」

私が言うと、雅樹は拳《こぶし》を強く握り締めながら、ハンサムな顔に愛想のいい笑いを浮かべ、

「そろそろ失礼した方がいいかな？　このままいると、上司を殴って会社をクビになりそうです」

「おまえ最近、狂暴だぞ。欲求不満じゃないか？　さっさと可愛いハニーを探したらどうだ？」

「その言葉、そのままあなたにお返しします。……自分だって独《ひと》り者のくせに」

「ハニーか……私の運命のハニーはどこにいるんだろう？」

私が言うと、雅樹は真面目《まじめ》な顔になって少し考え、

「自分の運命の恋人にいつかめぐりあえる。俺はずっとそう信じてきました。しかし……」

雅樹は、斜に構えたようなクールな顔にどこか苦い色を浮かべて、

「そんなことは単なる夢物語で……この広い世の中のどこにも、俺の運命の人などいないような気がしてきています。俺は、少し疲れてきているのかな」

私も最近そう思ってしまうことがある。雅樹と私の考え方は、なぜかよく似ている。

しかし、一番似ているのは……二人とも、なにかを必死で探し続けているということだ。

「探すのをやめたらおしまいだよ、マサキ。運命の人はきっとどこかにいる。いつかめぐり

あえると信じれば、ハニーは君の目の前に、ある日突然現れる」

「ロマンティストですね、ガヴァエッツリ副社長」

いつもの彼らしい皮肉な声で言う。しかし、その目は、冷徹で完璧主義のデザイナー、マサキ・クロカワに似合わぬ優しい色を浮かべている。彼は遠くを見つめるようにしながら、

「日本では、『噂《うわさ》をされるとクシャミが出る』といいます。……案外、俺のハニーは、どこか遠くで、今頃クシャミをしているかもしれないいな」

YUTARO・2

「……クシュン！」

バスルームから出てきた晶也が、可愛いクシャミをしている。オレは、慌てて振り向き、

「大丈夫かっ？　ちゃんと髪を拭《ふ》かないと、風邪ひくぞっ！」

「うん、大丈夫。……ねえ、悠太郎。そろそろ一休みにして、お風呂に入れば？」

晶也に言われて、製図の課題に取り組んでいたオレは、ため息をついてペンを置く。

オレたちがいるのは、西荻窪《にしおぎくぼ》にある、オレのマンションの部屋。

晶也は、荻窪にあるアパートに住んでいる。

ここからは、JRで一駅の場所。だからよく行き来して、泊まったりしてるんだ。

授業が終わった後、晶也はオレと一緒にゴハンを食べて、そのままオレの部屋に来て……

本当なら、楽しくビールでも飲んでいたいとこなんだけど……。

「あーあ。建築科でもないのに、こんなに複雑な建築製図、描けるわけないじゃん！」

晶也はどんなことをやらせてもピカ一だから、超・難しい製図の課題だって、楽々クリア

した。

オレは教授にやりなおしを命じられて、来週までにもう一枚描くはめになった。

美大の授業っていうのは、単純に自分の専攻しているものだけをやらされるわけじゃない。油絵科にだって彫刻の授業とかあるし、建築科だって裸婦デッサンをしたりする。その中でも一番授業内容が多彩なのがデザイン科。

油絵や日本画を勉強する生徒の目標は、絵描きさんになること。だけどデザイナーでフリーになるなら、まずは企業勤《づと》めをして修業を積むのが普通だ。だからどんな会社に入っても即戦力になるように、毎回毎回ぜんぜん違う課題を次々にやらされるんだ。

広告ポスターが終わったと思ったら、急に建築用の製図を描かされたり。かと思えば、次にはパッケージのデザインをしたり、その次はなぜか彫金の教室でワックスを削っていたりする。

だから、美大に入ってから『勉強をするんだから、これからきっと上手《うま》くなれるよね』なんて思っても、それは時すでに遅し、って感じ。もうそんな余裕は全然なかった。

どんどん変わる課題に取り残されないように、一度もやったことのない種類の創作でもなんとかこなす。そしてその中から『一生の仕事にしてみたい』ってものを自分で考えて探していく。

だけど、いくら絵が好きっていったって、誰にだって得手不得手はあるわけで……。

オレはガンガン攻めるタイプの創作は得意だけど、緻密《ちみつ》な製図ってやつがどうも……、

「あきや！　どっか間違ってないか、点検してくれよお！」

オレはお手上げ状態で言う。晶也は、製図机の前に座ったオレの肩越しに覗《のぞ》き込んで、

「ええと……あ、ここのところがちょっと違ってるかな。……トレぺある？」

お風呂上がりで先がほんのり桜色になってる綺麗な指を、オレの製図の上に走らせる。オレがトレーシングペーパーと製図用のシャープペンシルを渡すと、

「ほら、ここって構造上、ドアは内開きの方がいいと思う。あと、ここは吹き抜けだから、こうなってて……一階の階段はこうなってた方が……」

トレーシングペーパーを当て、その上からさらさらと描いていく。あっという間に、

「あとはオッケーだと思うよ。……あ、でも僕のチェックじゃあんまりアテにはならないかもしれないけど……」

「そんなことないよ！　おまえにチェックしてもらうと、いつも完璧だもん！　サンキューあきや！」

振り向いて言うと、晶也はちょっと照れたように、

「それはわからないけど……これ、教授のチェックにも通るといいね」

言って、ふわりと柔らかな笑みを浮かべる。オレの心臓がズキンと跳ね上がる。

パジャマなんかは用意してないから、晶也はオレが貸したTシャツと短パン姿だ。

晶也はきれいに肩が張っていて、なよっとした印象は全然ない。だけど、こうしてみると女の子みたいに華奢で柔らかそうな身体をしている。

オレにはぴったりのTシャツが、ゆるみを持って、身体のしなやかさを強調している。短パンの裾《すそ》からすらりと伸びた白い脚は本当に綺麗で、足首なんかきゅっと細くて締まってて……。

「あきや！　かわいい！　色っぽい！　たまんなーい！」

オレは叫んで、晶也の腰のあたりに抱きつく。Tシャツの下のウエストは予想したよりもさらにひとまわり華奢で……これじゃ、押し倒されたらひとたまりもない！　危なくてしょうがないぜ！

風呂上がりの彼の身体はほんのりあたたかく、ふわりとボディーソープの香りがする。オレと同じボディーソープなのに、晶也だとなんでこんなにいい香りになるんだろう？

……なんだかこのまま、たいへんなことまでしたくなっちゃいそう……！

「悠太郎！　遊んでないで、直しをやらないと！」

晶也が笑いながら言う。

彼の身体を抱きしめてると、なんだか不思議な感情が湧《わ》いてきて……、

「直しは明日！　今夜はあきやを襲っちゃう！」

「あははは！　なにそれ？」

笑っている晶也をむりやり抱き上げ、身長差が足りなくていまいちサマにならない格好で、ベッドに運ぶ。その身体を掛け布団の上に下ろし、肩を押さえつけて、

「ねえ、キスとかしたい。……だめ？」

触れそうなほど顔を近付けるけど、晶也は可愛く笑ったまま、

「あはは。だめ」

……ああ、こんなふうに無邪気に笑われると、なんにもできないじゃんか！

オレはため息をつきながら、晶也の隣にゴロンと寝転がる。

こっちを向いた晶也の綺麗な目を覗きこんで、

「なあ、あきや。おまえ、ミカちゃんとも、なんにもしてないんだろうな？」

ミカちゃんっていうのは、しばらく前の合コンで会ったお嬢様女子大の女の子だ。義理で顔を出した晶也を一目で気に入っちゃって、合コンの間中ずうっと晶也に迫り続けて、最後はオレが目を離した隙《すき》に晶也を連れてどこかに消えやがった。

それから、いつのまにか晶也のカノジョみたいな顔で学校の前まで迎えに来たりして……。

晶也は、ミカちゃんって誰だっけ？　って顔をする。オレが少し安心していると、

「……ええと、キスはしたよ」

あっさりした声で言う。オレは、ものすごく驚いて、

「なにいっ？　うそだろっ？」

「うそじゃない。どっちかっていうと、むりやりされたって言う方が正しいかな？」

あはは、と笑いながら、ノンキな顔で言う。オレは、なんだかすごく怒ってしまいながら、

「なんなんだよ、あの女！　オレのあきやにっ！　許さんっ！　今度来たらオレがつんと言ってやる！」

「あ、彼女はもう来ないと思う」

「なに？」

「ええと。言ったんだ。ミカちゃんは可愛いから、僕よりもふさわしい人がどこかにいるって。だから、僕なんかのために時間を割《さ》いてもらうのは悪いからって」

「……え……？」

「だから、もう来ないと思う。……なんか、すごく怒られちゃったけどね」

晶也は、照れたようにエヘ、と笑う。オレは、なんとなくホッとしてため息をつく。

晶也は、ものすごく美しい。だけどそれだけじゃなくて、なんだか人を夢中にさせてオカシクさせるような不思議な力を持ってる。なのに、全然その自覚がない。

だから、誰にでも礼儀正しく親切にしちゃって……オカシクなっちゃうほど夢中になってる人にだって、まったく同じように優しくしちゃって……ホントに危なくてしょうがないよ。

「よく言った、その意気だ！　ちゃんと言ってあげるのは、その人のためにもなるんだからな！」

オレは寝転がったまま叫ぶ。晶也はうなずいて、

「そうだよね。……だけどさ、悠太郎。僕、ちょっと気になることがあるんだ」

ふいに沈んだような顔になる。オレは慌てて、

「なんだなんだ？　まだ誰かしつこいやつがいるのか？」

「そうじゃなくて……ええと……」

晶也は、少し躊躇《ちゅうちょ》したように黙ってから、少し不安そうな声で、

「僕、女の子にセマられても、抱き付かれても、キスされても、なにも感じないんだ」

「……え……？」

「彼女に対してだけじゃなくて、ほかの女の子にも、可愛いなあ、とかいい友達でいたいなあ、とか以上の感情は湧いたことがない。……悠太郎は、誰か一人の女の子に対して、カノジョにしたいとか、キスとかしてみたいとか、もっといろいろしてみたいとか、思ったことあるでしょ？」

真剣な顔で見つめられ、ドキンとする。

近くで見ると、晶也はホントに澄《す》んだ綺麗な目をしていて、まつげなんか作り物みたいに長い。

枕に落ちかかる栗《くり》色の艶やかな髪、ほんのり桜色の耳たぶ、華奢なあご、綺麗な首筋。

Tシャツの襟元《えりもと》からふと見えた白い肌に、なんだか妙にドキンとする。

「……そりゃ、まあ、この歳になりゃ、ないでもないけど……」

……っていうか、今までつきあったどんな女の子といるよりも、晶也といるほうがずっとドキドキするんだけど……。

「この歳で、まだ女の子に興味のない僕って……ちょっとヘンかな？」

晶也の真剣な声に、なんだか胸が痛くなる。オレは腕を伸ばし、彼の身体をそっと引き寄せる。そのまま抱き寄せると、ん、という微かな声を漏《も》らす。ドライヤーで乾かしたばかりの髪からは、本当に頭の芯《しん》が霞《かす》んじゃうようないい香りがして、薄いTシャツ一枚のその身体は、誘ってでもいるように色っぽい感触を腕に伝えてきて、上気したようにあたたかくて……。

……ああ、このままじゃ、オレ、一秒だってがまんできない……！

「ヘンなんかじゃないよ。そんなの人それぞれじゃん。それにオレだって、女の子といるより、おまえといるほうがずっとドキドキするんだ。……あきや」

オレは、彼の耳に唇をつけるようにして、

「オレとこのまま、エッチなこと、しちゃわない？」

「あはは、それって最近流行《はやり》の……ゲイっていうやつ？」

晶也は、オレの腕の中でクスクス笑う。

……ああ、こいつオレがけっこう本気なこと……ぜんぜん解ってないなあ。

……だけど……もしかして……、
オレは、彼の身体を抱きしめながら、ふと思う。

将来、晶也が誰か女の子と付き合って、普通の結婚をして……っていうのは、なぜだかオレには想像ができない。

晶也は、そういう普通の人生を送るには、なんだか綺麗すぎるような気がする。

ルックスだけじゃなくて、曇《くも》り一つなく透き通って汚《けが》れのない内面とか、美を追求しようとする、その胸が痛くなるほど真摯《しんし》な姿勢とか。

晶也は、本当に、創作をするために生まれてきたような子だ。

自分のインスピレーションを刺激する全てのものを吸収し、自分の中で昇華し、その華奢な指先から、信じられないほど美しいものを生み出していく。

なにかを吸収するためには、心を研《と》ぎ澄《す》まし、どんなものからも目をそらさずに見つめていなくてはいけない。でなければ、美しいものの核になるなにかを、簡単に見逃してしまう。

そのために、晶也は、自分を守る殻《から》をほとんど持っていない。

晶也は、全てを見つめ、ほんの薄い殻にしか包まれていない心でそれを受け止め、そして簡単に傷つけられてしまう。そしてそれを隠そうとして、さらに傷を深くする。

放っておいたら、創作のために傷つき、自分を削って……そのまま、儚《はかな》く消えてしまいそう。

晶也の全てを包み込み、心を守る殻の代わりになって、傷つけようとする全てのものから守ることのできる……彼にふさわしいのは、そんな強い人間なのかもしれない。

その役目が、普通の女の子につとまるとは、なんだかオレには思えない。

……もしかしたら、将来、オレたちの前にそんな強い男が現れてしまうかもしれない。

オレは、不思議な予感のようなものに、ふと不安になる。

……そうしたら、晶也はオレなんかのことは忘れて、本当にゲイになってしまうんじゃないだろうか……？

「……悠太郎？　ごめん、僕、なんかヘンなこと言っちゃったかな？」

晶也はちょっと沈んだような顔をして、オレを見る。オレはむりやり不安を振り払って、

「なんだよ、いつも、オレにはなんでも言えって言ってるだろ？　別に悩むことないよ！　そのうちにオレにもあきやにも運命の人とか現れちゃって、悩みなんか吹っ飛んじゃうんだ！」

晶也は、少し考え深げな顔になって、

「そんな人が、そのうちに現れるのかな？」

「そうだよ！　そうに決まってるじゃんか！」

オレの言葉に、晶也はすごく救われたような顔で、ふわりと笑って、

「うん。僕も、それに悠太郎も……早く運命の人とめぐりあえるといいね」

オレは、晶也が笑ってくれたのにそうとうホッとしながら、

「……っていうか、オレがあきやの運命の人だってば！」

言うと、晶也はまた無邪気な顔で、

「いいなあ、ずっと悠太郎と一緒にいるのも、楽しそう」

「そうだよ！　オレとあきやは、ずっと一緒にいるんだからな！」

オレは、晶也の身体をきゅっと抱きしめて、その首筋に軽くキスをする。晶也は可愛い声で笑いながら、

「あはは、悠太郎！　くすぐったいってば！」

身体をよじらせて逃げようとする。そんなところが、またすごく色っぽい。

……ああ、こんなに可愛いんじゃー、本当に危ないよ！

女の子だったらまだしも、身体の大きい男に押し倒されたら、晶也なんか……。

オレの脳裏を、今朝見た、デザイン雑誌のグラビアの男の顔がよぎる。

あの、アントニオ・ガヴァエッリとかいう、ジュエリーデザイナー。

お金持ちで、デザインセンスがよくて、すごいハンサムで、逞《たくま》しくて……。

……もしかしたら、晶也にふさわしいのは、ああいう男かもしれない……。

……あんな男が目の前に現れたら、晶也は、オレのことなんか簡単に忘れちゃう……？

「あ、ねえ、悠太郎！」

晶也は、オレの悩みなんか全然解ってないみたいに、簡単にオレの腕からすり抜け、ベッドを下りる。デスクの傍に置いてあった自分の鞄を持って戻ってくると、

「これ、書いた？　教授から渡された、就職先の希望アンケート」

鞄の中から、一枚の紙を取り出す。オレは、肩をすくめ、

「それって卒業制作のグループを振り分けるためのもんだろ？　適当に書いて……」

言いかけ、あることに気づいて、目を丸くする。

「……あきや！　もう書いちゃったの？　なになに？」

オレが言うと、晶也やなぜだか急に照れたような顔になって、

「うん。あのさ、ちょっと驚くかもしれないんだけど……僕、ジュエリーデザインの方に進もうかと思って」

晶也の言葉に、オレは耳を疑った。

「……ジュエリー……？」

こんなに才能があって、フリーのデザイナーでも一流になれそうな晶也が、なんで？

そのまま絶句してしまったオレを見て、晶也は少し照れたように笑って、

「ずっとグラフィックやってたのに、どうして？　って思われるかもしれないけど。僕、プロダクトデザインとか、金属工芸の方にも興味があったし……」

たしかに、金属を使った課題でも、晶也の作品はやっぱりすごかった。

「彫金の課題の時に作ったリング、僕、母さんにあげたでしょ？」

晶也の作品は、金工科の教授も目をみはるほどの出来栄えだった。教授は研究室の参考作品にしたいから学校に寄付しないかって言ったけど、晶也は断った。

家族思いの晶也は、お母さんの誕生日プレゼントにするために、その指輪をデザインしたんだ。

晶也の実家までは東京から電車で一時間半。オレは実家が九州で、なかなか帰れない。だから学校が休みになるとしょっちゅうお邪魔してる。お母さんにもお世話になってるし、誕生日には晶也と一緒にプレゼントを持って行ったんだ。

晶也のお母さんは、晶也がこんなに綺麗なのも当然と思っちゃうような、お姫様みたいな美人。でも、ちょっとボケてすごく可愛い。

オレがバイト代で買ってあげたスカーフ（だからあんまり高価なものじゃなかったんだけど）を見て、キャーキャー喜んでくれて、自分の持っている服と取っかえ引っかえ合わせて、三十分くらいファッションショーをしてくれた。

その後で、晶也が指輪をあげた。高額なジュエリーショップで売ってるちゃんとしたジュエリーケースはけっこう高くて買えなくて、雑貨屋さんで買った安いケースに入ってたんだけど。

晶也が丁寧《ていねい》にラッピングしたそれを、お母さんは慎重《しんちょう》に開け、そしてケースを開けたとたん、晶也の作ったリングを見てそのまま絶句してしまった。

そして、晶也が心配そうな顔になっちゃうまで呆然《ぼうぜん》としちゃってて。

それから、『……なんて綺麗なのかしら……』って呟《つぶや》いて。

ちょっと泣きそうな顔になって『ありがとう。毎日着けるわね！』って言って。

それから、晶也のお母さんは、毎日毎日そのリングを綺麗に磨《みが》いて、指にはめているらしい。

「僕ね、母さんが、僕の作ったリングを見て綺麗って言ってくれたのが、嬉しかったんだ。僕の作品を身近に置いて、そして幸せそうにしてくれる、そんな人が増えたら嬉しいな、ってあの時思ったんだ」

晶也は、ふわりと綺麗な笑いを浮かべて、

「だから僕、ジュエリーデザイナーになりたい」

オレは、いつもポーッとして見える晶也がそんなことまで考えていたことに驚いていた。目先のことで頭がいっぱいで将来について何も考えてなかったオレに比べて、晶也は……。

「おまえ、立派だ。ちゃんと考えてて」

オレは、少し取り残されたような気分でため息をつく。晶也は、

「ごめん。悠太郎は親友なのに、なんにも相談しないで、僕、一人で決めちゃって……」

言って、しょげた顔になって、

「学校を卒業したら、バラバラになっちゃうんだね、きっと。なんだか寂しいね」

「そんなこと、わかんないじゃんか！」

オレは、ベッドの上に起き上がって、

「オレも、ジュエリーデザイナーになっちゃおうかなー？」

「ゆ、悠太郎？」

驚いた顔をしている晶也に向かって、

「だって、金工の課題であきやの次点を取ったのはオレだぜー！　あきやのリングの代わりに研究室の参考作品になったのは、オレの作ったタイピンだったし！　まあ、そうとうアバンギャルドな作品ではあったけどさあー！」

オレのは、とても着けられない！　ってほど大きくて重い作品だった。でも型破りなデザインなら、オレは自信があるんだ。

「ジュエリーデザイン界に新旋風《せんぷう》！　なんてこともありえるぜ！　落ちたらもちろんあきらめるけど……オレもジュエリー関係の会社の入社試験、受けてみようかな？　試しに！」

「本当？」

晶也は、ちょっと驚いたような、でも嬉しそうな顔でオレを見上げる。オレは笑いながら、

「宝石って高いんだろ？　自分が作った作品に何千万円もの値段がつくなんて、すごいじゃん！」

その時のオレは、晶也があのアントニオ・ガヴァエッリって男がいる会社、『ガヴァエッリ・ジョイエッロ』の試験を受けようとしているなんて、ぜんぜん知らなかった。

……そして、オレたちの運命は、ゆっくりとまわり始めたんだ。

ANTONIO・2

「……アントニオ！　久しぶり！」

私を呼ぶ、若い男の声。フランス語の響きがあるイタリア語の発音と、よく通る声は……。

「……ニコラ……」

私は振り向いて、芝生《しばふ》を踏んで近づいてくるその美しい青年を見つめる。

細身でしなやかな、文句の付けようのないほど完璧な体型。さらりと着こなしたタキシード。手には、シャンパンがなみなみと注《つ》がれた平たいグラスが二つ。

「このパーティーにならあなたが来るだろうと思って、わざわざ別のメゾンのパーティーを抜け出してきたんだ。逃げようとしてもだめだよ。……それとも、これから別の男とデート？」

明るいブルーの瞳、艶々と月光を反射する金髪、まるで精巧《せいこう》に作られた人形のように美しい顔だち。

彼はニコラ・ガトー、フランス人、二十四歳、モデル、そして私の昔の恋人だ。

今夜はミラノ・コレクションの最終日。これは、メゾンのうちの一つの打ち上げパーティーだ。

パーティーの会場に選ばれたのは、ミラノの郊外にあるデザイナー本人の別荘。石造りの壁、シャンデリアに照らされた、中世風のだだっ広いバンケットルーム。別荘というより城と呼んだ方がいいかもしれない。バンケットルームには、ほかのメゾンのデザイナーやら、ショーの後ですっかり酔《よ》っ払《ぱら》ったモデルやらが、ひしめき合っている。

私は、挨拶《あいさつ》、もしくはアポイントメントを取ろうとして呼び止める人々の声に、聞こえないふりで、ひと気《け》のない庭に出た。

今夜の主役は、フランスに本社を持つ老舗《しにせ》のファッションブランドのデザイナー、フィリップ・ガレ。

私が副社長を務《つと》める宝飾品会社、『ガヴァエッツリ・ジョイエッツロ』も、彼とは近しい関係にある。

彼のセンスには目を見張るものがあるし、私個人も、彼と昔からの知り合いではある。しかしジュエリー業界同様に欲の渦《うず》巻く服飾《アパレル》業界に興味はないし、深く関わる気もまったくない。

ビジネスの一部としてショーを最前列で見守り、バックステージでデザイナーに賛辞《さんじ》を贈り、パーティーにお義理で顔を見せ、スキを見てさっさと逃げようとしていたところだった。

……ニコラが来ると知っていたら、こんなパーティーになど、最初から顔を出さなかったのに。

ニコラは秀麗《しゅうれい》な眉をひそめ、雫《しずく》に濡《ぬ》れている自分の両手を見つめて、

「あんまりたくさん注ぐから、シャンパンが零《こぼ》れてせっかく磨いた爪《つめ》がベタベタだ。今夜のショーは最高だったけど、フィリップ・ガレの使用人への教育は最低だね」

「変わっていないね、君は」

私は、グラスを受け取らないままで言う。彼は少し苛立《いらだ》ったような口調で、

「アントニオ。グラスを取って。再会の乾杯をしよう」

「……ニコラ」

私はため息をついて、彼のまだ少し幼さの残る、端整な顔を覗き込む。

ファッション広告、雑誌のグラビア、そんなもので見るよりも彼はずっと美しい。

……しかし。

「この再会はなかったことにして、君はこのまま、パリに帰ったほうがいい」

言うと、ニコラはそのブルーの目に怒りの色を浮かべて、

「どうして？　ガヴァエッリ一族の人間だって僕にバレたから？　大富豪の御曹司が、一介のモデルなんかとは付き合えない？」

まだ二十歳の頃、私はパリの美術学校に留学していた。

その頃の私は、一族のことを忘れて一介の学生として恋をしたかった。まだ若かった私は、いつかガヴァエッツリの呪縛《じゅばく》から逃れられると信じていた。

その時に出会ったのが、モデル志願の学生だったニコラだ。

私たちはたちまち恋に陥《お》ち、二週間だけ一緒に暮らして……そしてダメになった。

私たちは、考え方も、その上昇志向も、冷静な顔の下に隠した激しい気性もよく似ていた。傷つけあい、憎みあい、二週間で二人ともボロボロになった。

私がデザイナーを夢見るただの留学生ではなく、ガヴァエッツリ一族の人間だということが彼の耳に入り、それが私たちの別れを決定的なものにした。

私はパスポートと画材だけをトランクに詰め、父親が与えてくれたサンジェルマン・デ・プレの豪華なアパルトマンと、そして数年間を過ごしたフランスを後にした。

それから二度とあそこには足を向けていない。しばらくしてローマのガヴァエッツリ本社宛《あ》てにアパルトマンの鍵が送られてきたところを見ると……彼もすぐにあの部屋を出たのだろう。

「別れて半年後に、君の顔を一流雑誌の表紙で見た。それからずっと、私の選択は間違っていなかったと思っている」

ニコラは、その美しい眉をきつく寄せ、私を見つめて、

「そうだよ。僕は仕事をもらうためになんでもした。それに今だって、一流の仕事をもらう

ためなら、なんでもする」

　彼の美しいブルーの目の奥に、私とよく似た、暗い炎のようなものが見える。

　私は手を伸ばして、彼のあごに触れる。上を向かせ、顔を近付けて、

「それなら、私からはなにが欲しいのか、正直に言った方がいいよ、ニコラ」

　彼は観念したような顔でふっと笑うと、

「正直に言うよ。僕は、ガヴァエッリの広告モデルの仕事がしたい。そのためなら寝てもいいよ」

「……あんなに憎しみあった私とでも？　たいしたプロ意識だね」

　囁《ささや》くと、彼はうっとりした顔で目を細め、

「あの二週間は、悪夢のようだった。でも、あんなに甘い悪夢は見たことがない。あの時のことを思い出すだけで、身体中が熔《と》けそうになる。僕の中で、あなたは今でも最高だよ、アントニオ」

　私はため息をついてその言葉を聞き流し、

「ガヴァエッリは、広告モデルを雇《やと》わないのが伝統なんだ。雑誌には、ほんの一ページ、ローマ本店の写真と、私かもう一人のデザイナーのデザインした商品が載る。それだけだ」

「そんな伝統、古臭《ふるくさ》いよ！　僕と誰か女性モデルを使って、世界中の雑誌に広告を載せれば、売り上げも……」

「確かに古臭い。そのうちに変わるかもしれない。だが、まだ時期尚早なんだよ。……世界中の雑誌広告を狙《ねら》うなら、フィリップ・ガレを紹介しよう。彼の会社の広告モデルの面接に行くといい。受かるかどうかは君の腕次第だけれど」

ニコラは、その美しいブルーの目の奥に、自信に満ちた暗い炎をチラつかせながら、

「僕は世界一だよ。チャンスさえあれば、なんだってできるんだ」

私はタキシードの内ポケットに手を入れて、金の名刺入れを出す。

そこから、大切な場合以外は絶対に使わない、ガヴァエッリの紋章入りの名刺を出し、

「これを持ってフィリップ・ガレのところに行けば、初対面でも話くらいは聞いてくれるだろう」

私はそれを、両手がグラスでふさがっている彼のタキシードの内ポケットに押し入れる。

ニコラはプレゼントをもらった子供のように満足げな笑みを浮かべ、

「ありがとう、アントニオ。わざわざこのパーティーに紛《まぎ》れ込んだ甲斐《かい》があったな。……ねえ、手が疲れたんだ。早くグラスを取って。……僕の明るい未来に乾杯してよ」

私は、深いため息をついて、

「そのいい性格、本当に私とそっくりだ。つくづく君は変わっていないな」

「……あなたは、少し変わった。うっとりするような大人の男の目になってる」

彼はその形のいい唇に、初めて会った時に私の心を熔かした、美しい笑みを浮かべ、

「中身は変わってない？　あの頃みたいに、まだキスが上手？　ねえ、たしかめさせてよ」

ニコラは目を閉じ、その唇から甘い、フランス語の響きのある囁きで、

「ねえ、キスして」

「お礼はいらない。君のご要望にはお応えできなかったし」

ニコラは目を閉じたまま、少し苛立った声で、

「もうそんなのどうだっていい。グラスを取って。そして昔みたいなキスをしてよ」

私は、グラスを掲《かか》げたままの彼の両手首をつかまえる。

少し怯《おび》えたように息を呑《の》む彼の唇に、深く唇を重ねる。

「……んん……」

唇を軽く嚙《か》み、舌を絡《から》ませると、彼の咽喉《のど》から甘い呻《うめ》きが漏れる。

何度も唇を合わせると、彼の身体が震え、揺れるグラスの縁からシャンパンが零れる。

熱帯夜の風にあたためられた生ぬるいそれが、ニコラの手首を伝《つた》い、私の指を濡らす。

「……あ……ん……」

唇を離し、きつく握っていた手首を解放してやると、彼は目を閉じたまま喘《あえ》ぐように息をつく。

ゆっくりと開いた目は、欲情したように甘く潤《うる》んでいる。彼は私を見つめ、少しかすれた声で、

「僕たち、やり直せないかな？　……あなたのことを忘れたことは、一度だってなかったんだ。こんな熱烈なキスをするくらいだもん、あなただって僕のこと、忘れられなかったんでしょう？」

「……あの頃、私が言った言葉も忘れていない？」

囁くと、彼はうっとりしたような顔で、

「『君を愛しているかもしれない』って言った、あの言葉？」

「いや。『私は悪い男だから、遊びのキスならいくらでもできる』と言った、あの言葉だ」

ニコラのまだ少しだけ子供っぽさの残る、しかしとても美しい顔に、怒りの色が走る。

「……今のキスは、遊び？」

「そう思ってくれていい」

私は、彼の片手から、もうほとんど中身の残っていないグラスを一つ取る。

「ニコラ・ガトーの明るい未来に乾杯しよう」

ニコラは、ニヤリと策士の笑みを浮かべ、自分のグラスを上げると、

「アントニオ・ガヴァエッリの明るい未来にも、乾杯」

私たちは一口飲み、そろって眉をひそめ、お互いの表情に気づいて笑ってしまう。ニコラは、

「ぬるいシャンパンほど不味いものってないね。でもさすがに銘柄は上等だ。……僕はパー

ティーに戻って、冷たいシャンパンで口直しするよ。……フィリップ・ガレと一緒に、ね」

少しだけ自嘲《じちょう》的に言って、自分のタキシードの胸ポケットを叩《たた》いてみせる。私はふと、

「ニコラ。君は、人生というものを楽しいと思ったことがある？」

ニコラは、少し考えるように黙る。それから、なんとなく沈んだ声で、

「人生は、負けるわけにはいかないゲームだろう？　楽しいかどうかなんて考えてみたこともないよ」

「私も同じだ。私たちは本当に似ているかもしれないな」

ニコラは私をまっすぐに見つめ、それからふと寂しげに笑って、

「あなたは、自分とは全然違う誰かを見つけるべきだね。人生は楽しいって教えてくれる誰かを」

YUTARO・3

「森くん！　それの〆切、今日の夕方の四時だからね！　大丈夫？」

口うるさく言うのは、田端《たばた》チーフ。デザイナー室の中では一番職位が上の、チーフデザイナー。

事務処理は得意だし、調子がいいから日本支社長とかにはウケがいいみたい。だから上司としてはけっこう便利なヒトといえるんだろうけど……。

「わかってまーす！　大丈夫でーす！」

オレは叫び、心の中で、多分な！　と付け加える。そしてチェックしてもらった清書を見て、ため息をつく。

宝飾品会社、ガヴァエッツリのデザイナーになってまだ一年ちょっと。こんな新人に毛の生えたようなオレが言うのもナンだけど……。

……やっぱ、田端チーフのバランス感覚ってイマイチだよなあ……。

オレと晶也は、宝飾品会社ガヴァエッツリのデザイナー室の入社試験を一緒に受けた。

晶也みたいな優秀な子は絶対に受かるだろうって思ってたけど、オレは半分あきらめてた。

でも、まぐれでもいいから受かってくれ！　ってオレは思ってて。

二人一緒に合格通知をもらった時は、抱き合って喜んだ。

これからもずっと一緒にいられるんだって思ったら、なんだか涙が出るほど嬉しくて。

……だけど、オレが受かったのは……やっぱりまぐれだったみたいだなあ……。

……今朝からずっと頑張って描いてた力作なのに……。

オレが描いたデザイン画の上には、田端チーフがさんざん直した鉛筆の跡。

……チェックしてくれんのはいいけど、なんでトレーシングペーパーを当てて描かないいんだよ！

……オレが描いた線の上からぎゅうぎゅう描いたら、正しい線まで汚くなるじゃないかっ！

オレは愛用のステッドラーの製図用消しゴムを出して、ヤケクソになって田端チーフの線を消す。

朝からずっと直し直しして、すっかりヘタっていた清書用紙は、もう破れそう。

……ああ、どこをどう直せばいいのか、もうゼンゼンわかんねーよっ……！

「……ちくしょー……うう一ん……」

「……悠太郎」

頭を抱えるオレの後ろから、囁くような甘い声。

振り向くと、そこには大学生の頃よりますます美人になっちゃった晶也が立っている。

今日の晶也は、入社が決まった日に一緒に丸井に行って買ったスーツを着ている。

シンプルなデザイン、ブラウンがかった柔らかな色合い。キャラクターブランドのそれは、そんなに高いものじゃなかったけど、質がよかったし、なにより晶也にすごく似合ってる。

「……これ、アメリカン。頑張って」

オレのデスクに、カップベンダーのアメリカンコーヒーを、そっと置いてくれる。

「サンキューッ！　おまえって、天使みたいだっ！」

オレが叫ぶと、デザイナー室の面々が笑う。

「悠太郎、今日が〆切だよね？　邪魔しちゃ悪いから……」

笑いながら踵《きびす》を返そうとする晶也の上着の裾を、オレはそっと引っ張って止めて、

「……あきやー……」

助けを求めて見上げると、晶也は、仕方ないなあ、という顔で少し笑う。

そして、その視線をデスクの上のデザイン画に移す。

いつもほんわか微笑《ほほえ》んでるイメージのある綺麗な顔。とろけそうな琥珀《こはく》色の瞳。

でも、そこに一瞬だけ鋭い光が走ったような気がする。

晶也は、その人並みはずれて鋭い感性で、オレの製図の欠陥を一瞬にして見抜いてしまう。

晶也はオレのデスクの脇にかがみこみ、田端チーフに聞こえないように声をひそめて、

「……トレペ、貸してくれる……?」

トレーシングペーパーを差し出すと、晶也はそれをオレのデザイン画の上に当てる。

「……この爪がね、0・5ミリ高いと思うんだ。ここを低くすれば、この辺のバランスが取れる。あと、腕の部分をほんの少しだけ上げて……この脇石を、ほんの少し傾《かたむ》かせる。こうかな……?」

囁くような小声で言いながら、素早い筆致《ひっち》で、オレのデザイン画を直していく。

いつもほんの少しの迷いもない、その確かなバランス感覚。

「……すごい……」

晶也が直してくれたリングのデザイン画は、完璧なバランスを保《たも》っていて、俺のデザイン画は、生まれ変わったように洗練されて見える。

本当に、ほんのちょっと直しただけなのに。晶也って……やっぱりすごい。

「だけど……」

手を止めてデザイン画を見つめた晶也は、微かなため息をつく。それからトレーシングペーパーの隅の方に、可愛い感じの綺麗な字で、

『田端チーフって、リングの腕がゴツいのが好きだから、少し太くするとオーケーが出るかも。本当は、バランスが崩《くず》れちゃうんだけどね』

書いて、少しだけ悲しそうな顔をする。こだわりのある晶也は、上司の気に入るようにデザインのバランスを崩すのが忍びないんだろう。

デザイナーなんて横文字職業は、『自分の感性』とか『自分のセンス』とかそんなものだけで仕事ができるもんだと思ってたんだけど……そういうもんでもなかった。

特に、ジュエリーなんていう歴史の古い業界（悪く言えば古臭くてお堅い職業かな）では、デザイナーとかいっても一種の職人みたいなもの。親方の命令には逆らえない！　って印象がある。

特にガヴァエッリなんて老舗はチーフとヒラの格差が激しくて、オレたちヒラなんて、文句があっても……なかなか言える立場じゃないんだよなあ。

……おなじ文句が言えないのでも、もうちょっと実力ある上司ならいいのに。

オレは、デザイン画を見つめて少し悲しそうな顔をしている晶也を見上げながら思う。

……あーあ。なにかの奇跡が起きて、すごく実力のあるデザイナーが、いきなりオレたちの上司になってくれたりとかしないかなあー……。

「ねえ、ねえ、聞いたっ？」

「大ニュースよっ！」

オレたちの同期で、女性デザイナーの野川《のがわ》さんと長谷《はせ》さんが、叫びながらデザイナー室に飛びこんでくる。田端チーフが口うるさく、

「二人とも、仕事中なのにうるさいよー」

「仕事どころじゃないんですっ！」

「そう！　そんな場合じゃないんですっ！」

田端チーフを一蹴《いっしゅう》しながらも渋々自分の席に戻った二人は、興奮した口調で、

「イタリア本社の副社長が、日本支社に視察にくるらしいの！　秘書課の子たちは大騒ぎよっ！」

「きゃーっ！　憧れのアントニオ・ガヴァエッツリ様にお会いできるーっ！」

『アントニオ・ガヴァエッツリ』というその名前に、オレの心臓がズキンと飛び上がる。

大学生の時にグラビアで見てから、なぜだかずっと、彼のことが忘れられなかったんだ。

最初は、『こういう男は、きっと晶也にセマるに違いない！』っていうライバル意識から。

ジュエリーデザインを勉強するにつれ、だんだん、その気持ちは羨望《せんぼう》に変わってきて。

彼の作品は、有名な宝飾雑誌にはしょっちゅう取り上げられてたし（あれだけ美形で、御曹司で、しかも実力派だったら話題性もピカ一だけど）、半年に一度デザイナーに配られるガヴァエッツリの作品カタログにも、アントニオ・ガヴァエッツリの作品は大きく載せられていた。

このカタログは世界中にいるガヴァエッツリの顧客（某国の王族や、名前を聞くだけで驚いちゃうような大富豪）に配られているもので、布張り装丁《そうてい》のゴージャスなもの。その中には、

男のオレでさえため息がもれちゃうような宝飾品たちが、美しいグラビアになって並んでいる。

日本支社のオレたちは、『いつかここに載るような超高級品をデザインしたい』っていつも思って頑張ってる。

でも、低価格ラインのデザインばっかりやらされていて。『あんな高級品をデザインさせてもらえるようになるのは、容易なことじゃない』って解って。それに低額品でさえ自分の思い通りの作品に仕上がらないことで、自分の実力ってものをけっこう思い知ったりして。

才能を煌《きらめ》かせたアントニオ・ガヴァエッリって人が、オレはものすごくうらやましかったんだ。

「しかし！」

オレは言って、隣に立っている晶也を見上げる。

「偉いデザイナーだからって関係ないぞっ！　あきやにセマる男は、オレがぶん殴るからなっ！」

言うけど、晶也はきょとんとしてるだけ。

……まったく。この子には、危機感ってものがないのかなあ？

「あきや、気をつけろよっ！　アントニオ・ガヴァエッリとは、絶対目を合わせるなっ！

あんなすごいハンサム、絶対遊び人だからなっ！　あきやみたいな可愛い子は、絶対セマられるぞっ！」

オレが言うと、晶也はノンキな顔でふわりと笑って、

「まさかあ。悠太郎ったら、慎也《しんや》兄さんみたいなこと言って！」

「言うさ！　慎也兄ちゃんにも『晶也をよろしくな』って頼まれてるしっ！」

慎也兄ちゃんっていうのは、晶也のお兄さん。オレのことも弟みたいに可愛がってくれてる。

すごい美形で、黙ってりゃいい男なんだけど、晶也の前ではフニャフニャの超ブラコン。まあ、こんなに綺麗な晶也を弟に持っちゃったら、そうなる気持ちも解らないでもないけどね。

「そして、そして！　さらに大ニュースもあるのよっ！」

オレの向かいの席に腰を下ろした長谷さんが、ファイルの向こうから顔を覗かせて、

「ガヴァエッリ副社長と一緒に、あの、マサキ・クロカワも日本支社に視察にくるらしいのっ！」

「……うそ……」

呟いたのは、晶也だった。彼は、いきなりオレのデスクの上に身を乗りだして、

「ほんと？　副社長と一緒にクロカワさんが来るのっ？」

晶也は、いつもポーッとしていて、大声を出したり取り乱したりすることなんかほとんど

ない。なのに……。

「長谷さん！　クロカワさんが日本に来るのは、いつっ？」

必死とも言えるその顔に、長谷さんも、デザイナー室の皆も呆気《あっけ》に取られてしまう。

「えっと……視察は今週の金曜日みたいだけど……」

長谷さんがやっと言うと、晶也は、

「……今週の金曜日……明後日《あさって》か……」

小さく呟く。それから、なんだか泣きそうな顔になって、

「……どうしよう……クロカワさんに会えるなんて……」

「あーあ、色っぽい顔しちゃって。あきやさん、マサキ・クロカワの大ファンですもんね」

オレの隣の席の新人、柳《やなぎ》が晶也を見上げながら言う。オレのチームのサブチーフ・三上《みかみ》さんが、

「しかし。クロカワさんって、日本人初のイタリア本社デザイナーってことだけしか知られてないよね」

長谷さんが、悔《くや》しそうに、

「社内報にも写真が出たことないんですよ！　ずっとチェックしてるのに！　センスがあって実力を認められてて……これで美形なら、こんなに嬉しいことはないんですけど！」

「ルックスとかは、関係ないと思う。あの人のセンスは、本当にすごいと思うんだ」

晶也が、真剣な声で言っている。

晶也は優しい。それに物を作る人に対する尊敬の気持ちを忘れたりしないから、他人の作品に対して不用意な批判をしたり、作者を傷付けるような言葉で中傷したりは絶対にしない。

だけど、晶也の鋭い美意識に適《かな》うものは、この世の中には少ないはずで……。

その晶也の審美眼《しんびがん》に認められたということは、クロカワという人は本当に凄《すご》くて……。

「まあ、たしかにあのセンスは凄いわよね！　あれだけ実力があるし……それにあっちで仕事ができるんだから、イタリア語だってペラペラだろうし……やっぱ、歳いってるだろうな」

なんだかすごく残念そうな長谷さんが、ため息をつきながら、

「移住して四十年の七十五歳。奥さんがイタリア人、子供が四人と孫が八人。こんな感じ？」

「じゃなかったら四十九歳独身、ジュエリー・マニア。……あーあ、守備範囲外だわあ」

隣のチームの野川さんが、やっぱりすごく残念そうに、遠くでため息をついている。

「田端チーフって、クロカワさんに会ったことありますか？」

隣のチームのサブチーフ、瀬尾《せお》さんが田端チーフに向かって聞く。田端チーフは、副社長の視察が怖いのか緊張したような顔をしていたけれど、それを振り払うように肩をすくめてみせて、

「会ったことないよ。イタリア本社によく行く企画課の三浦《みうら》チーフが格好いいって大騒ぎしてたけど、あの人の趣味ってイマイチわからないからねえ」

それから、なんとなく意地の悪い口調で、

「本社デザイナーになっただけじゃなく、いきなり副社長のサブになったんだろう？　出世のことしか頭にない、イヤなヤツに決まってると思うんだけど」

「そんなことないですっ！」

晶也が、いきなり叫ぶ。

「あんな素晴らしい作品を描ける人が、イヤなヤツなわけ、ありませんっ！」

上司には絶対に逆らったりしない晶也の突然の激昂《げっこう》に、皆は驚いて口をつぐむ。

「彼には副社長に認められるだけの実力があるんだろうし、日本人なのに遠いイタリアで頑張っているんだし……なのに、同じ会社のデザイナーの僕らが悪く言ったら、彼が可哀相《かわいそう》です……」

晶也が泣きそうになっているのを見て、オレの心は、嫉妬《しっと》に似た感情でズキリと痛む。

晶也は……本当にマサキ・クロカワって人の実力を認めてるんだ……。

「そうですよ！　それにあきやさん、クロカワさんの大ファンなんだから！　社内報の彼の作品も全部切り抜いてるし、作品カタログはすごく大事にしているし……そのあきやさんの前で、クロカワさんのこと悪く言うのはどうかと思います！」

隣のチームの、新人の広瀬《ひろせ》が、叫んでいる。

彼は、『あきやさんって綺麗ですよね』が口癖の、晶也の大ファンだ。だから黙っていられなかったんだろう。いつもはけっこう物静かで丁寧なヤツなんだけど。

「ああ、ごめん、あきやくん！　泣かないでっ！」

長谷さんが、慌てて言う。野川さんも、

「悪口言ったわけじゃないのよ！　ただ、美形だったらいいなってちょっとだけ……」

晶也が、ハッと我に返ったような顔をして、慌てて、

「いや、そんな！　なんで僕がムキになっちゃってるんだろう？　……し、仕事しなきゃ！」

急に赤くなって、そそくさと自分の席に戻っていく。その後ろ姿を見送りながら、オレは、

……やっぱ可愛い。アントニオってヤツに目を付けられそう！　気をつけてないと！

……クロカワって人は……オジサンだったら、まあ、その点は心配ないかな？

その時オレは、クロカワって男がすごいダークホースだなんて、夢にも思わなかったんだよね。

ANTONIO・3

「マサキ。本当についてくる気か？　日本支社の視察に」

「行きます。もちろんです」

ローマにある、ガヴァエッリ・ジョイエッロ、イタリア本社。

副社長室のデスクの前に立った雅樹が、きっぱりした口調で言う。

「どういう風の吹き回しだ？　ほかの国の視察の時には、面倒だからいやだと言っていたくせに」

私が言うと、雅樹は洒落た仕草で、ひょい、とその肩をすくめて、

「気が変わったんです。支社に行ってみるのも勉強になるかな、と思って」

「嘘をつけ。おまえがそんな殊勝《しゅしょう》なことを言うわけがない。……なにか、別に目的があるな？」

雅樹のいつも冷静なポーカーフェイスに、一瞬だけギクリとしたような表情が走る。

「おまえは最近、デザイン資料室に通ってはなにかを探していたらしいじゃないか。それと

なにか関係が？」

　雅樹の眉間《みけん》に、少し苦しげな翳がよぎる。

「ある男のデザインを探していたんです。あの実力なら、多分、日本支社デザイナー室のチーフだと思うんですが……」

「デザイナー室のチーフ？　あの……タバタとかいう冴《さ》えない男か？」

　雅樹は、驚いたように目を見開き、呆然とした声で、

「タバタ？　デザイナー室のチーフは……アキヤ・シノハラという男じゃないんですか？」

「シノハラ？」

　日本支社視察といっても、いつも忙しく会議をしたりするだけで、デザイナー室まで行ったことはない。タバタというデザイナー室のチーフは会議に出ていたので顔だけは知っているが……。

「日本人デザイナー、一人一人の名前までは、いちいち覚えていないが……」

「じゃあ、サブチーフかもしれませんね。とにかく……どうしても、彼に会ってみたいんです」

　いつも冷静な雅樹が、思いつめたような口調で言う。私は、肩をすくめて、

「会ってどうしようというんだ？　おまえがデザイン以外のことに執着《しゅうちゃく》するなんて前代未聞《ぜんだいみもん》だな」

わざと揶揄《やゆ》するような口調で言ってやるが、雅樹は上の空で、

「……どうしてこんなに彼に会いたいのか、わかりません。顔も、素性《すじょう》も、何も知らないのに。知っているのは『アキヤ・シノハラ』という名前と、そして彼がデザインした商品だけなのに」

呟いてから、悩ましげなため息をつく。

「彼のセンスは洗練されていて、目をみはるほど美しくて、絶妙なバランスを保っている。彼はどんな安価な商品でも手を抜こうとはしない。アキヤ・シノハラという男が、胸が痛くなるほど真剣に、完璧を追い求めているのがわかるんです。彼は、高潔《こうけつ》で、本当に宝石を愛していて……」

「ちょっと待て、マサキ」

私は、手を上げて彼の言葉をさえぎる。

「それなら、なおさら会わない方がいいんじゃないか？　そのシノハラという男は、プロのデザイナーなんだ。自分の内面など隠して、小手先で美しいものを作り出すことくらい朝飯前だろう」

私は、なんとなく自嘲的な口調になってしまいながら、

「美しいものを描くからといって、いい人間とは限らないぞ。この私なんかいい例だ。世界でも指折りのセンスを持つデザイナーだが、本当の姿はただの遊び人だし」

言うと、雅樹もそのハンサムな顔に寂しげな笑いをふと浮かべ、

「それを言うなら俺もそうです。単なる冷血なデザインするマシーン。そのうえゲイだ」

言ってから、彼は苦しげな翳をその眉間に浮かべ、

「わかっています。あれだけのデザインを描ける男だ。きっと、本人は、技巧《ぎこう》の裏に醜《みにく》い内面を隠した、傲慢《ごうまん》な、冷徹な、デザイナーの中のデザイナーでしょう」

こんなにつらそうな雅樹の声を聞くのは、私は初めてだった。

「では、どうしてわざわざ会いに行くんだ？」

言うと、雅樹はしばらく黙って考え、

「俺は、今まで、デザインにおいては誰にも負けないと思っていました。しかし……」

その黒い瞳にどこか挑《いど》むような光を浮かべ、呟くような低い声で、

「……俺は生まれて初めて、彼には負けたと思ったんです」

「だから、ライバル宣言をしに行くというわけか？」

「まさか。ただ、一度でいい、会ってみたいんです。俺はもしかしたら、彼が憎いのかもしれません。デザインすること以外に何も持たない自分を敗北させた、その男が。でなければ……」

雅樹は少し遠い目をして、胸が痛くなるようなつらそうなため息をつき、

「……もしかしたら、俺はまだ何かを信じたいのかもしれないな」

完璧に見える美貌《びぼう》と、頭脳と、センスを持ち合わせたこの男に、こんな顔をさせるなんて。

私は、嫉妬にも似た胸の痛みを微かに感じてから、あることにふと気づき、

「あ、生まれて初めて負けた、と言ったな！　おまえの中で、私の位置はどうなっているんだ？」

ムッとしながら言うと、雅樹はその端整な顔にいつものような憎たらしい笑いを浮かべ、

「まあ、百歩譲《ゆず》って自分と同等、というところかな？」


『ガヴァエッリ・ジョイエッロ』日本支社。

新しくて洒落たビル。内装も、日本の会社にしては金がかかっている。ローマ本社の石造りの建物に慣れてしまうと天井の低さが少し息苦しいが、ちり一つない清潔さには好感が持てる。

「まったく。どうして俺にいちいち通訳させるんですか？　あなたは日本語は聞くのも話すのもほぼ完璧じゃないですか」

デザイナー室への廊下を歩きながら、雅樹が小声で囁いてくる。

「いいじゃないか。今まで面白半分に通訳をたてていたから、今さら引っ込みがつかなくな

った。それに、ヒアリングにも発音にも、まだ自信がないんだよ」

私は、肩をすくめながら言う。雅樹が、セクシーな眉間にシワを寄せ、

「嘘を言いなさい。日本語がわからないと思えば、日本支社の社員があなたの前でも本音を漏らす。その辺を狙っているんでしょう？　食えない人だな」

雅樹は、シノハラに会うために緊張しているのか、飛行機の中からずっと機嫌《きげん》が悪かった。

「雅樹。なにをアガッてる？　シノハラに会うのが緊張するからって、私に噛みつくんじゃない」

私は、思わず笑ってしまいながら言う。

前を歩いていたデザイナー室のチーフの田端が、心配そうに振り返る。雅樹が、日本語で、

「同じデザインに携《たずさ》わる仲間として、日本支社デザイナー室のメンバーに会うのが楽しみだ……副社長は、そうおっしゃっています」

いい加減な通訳をすると、田端はとても嬉しそうな顔をして日本語で、

「日本支社のデザイナー室のメンバーも、副社長にお会いするのをとても楽しみにしていました、そう伝えてくださいよ。あ、細かいこともきっちり通訳してくださいね、クロカワさん！」

悪意はなさそうだが、私への慇懃《いんぎん》な態度に反して、マサキへの言葉はなんとなく横柄《おうへい》だ。チーフを務めているからには仕事はできるのだろうが……これは、たいした人物ではない

だろな。

この男がチーフでは、なんとなくデザイナー室の雰囲気も知れているような気がする。

例えば、私語一つなく黙々と働く、ワーカホリックの典型的日本人集団、とか。

でなければ、媚《こび》を売ることだけに長《た》けた、営業マン的デザイナーたち、とか。

ニコニコと意味不明の笑みを浮かべてから、田端が先に立ってドアノブに手をかけ……。

「いいか？　ガヴァエッリ家のお坊ちゃんで副社長だからって、油断しちゃだめだぞっ！」

いきなり中から聞こえてきた日本語の澄んだ声に、三人とも、その場に硬直する。

「イタリア人だから、絶対すごい遊び人なんだ！　目を合わせたら口説かれるぞっ！」

……なんなんだ。その論理は？

私は思わず吹き出しそうになるが、やっとのことでこらえることに成功する。

……まあ、私が今、日本人は全員ワーカホリックだと思ったのと、いい勝負かな？

チラリと横を見ると、緊張していたはずの雅樹も笑いだしそうになっている。私の視線に気づくと眉を上げて、遊び人という部分では彼の言うことは正解じゃないですか、という顔をする。

……日本支社のデザイナー室にも、面白そうなヤツがいるようじゃないか。

田端は、中から聞こえた言葉をかき消そうとするように大袈裟《おおげさ》な咳《せき》払いをしてから、いきなりデザイナー室へのドアを開ける。

「ああー、皆さん、アントニオ・ガヴァエッリ副社長が、視察にみえられました！」

中に向かって叫んでいる。ドアを開け放して、どうぞ、という仕草をする田端の脇を通り抜け、私は日本支社デザイナー室に踏み込んでちらりと見回し……そして、少し驚いた。

……皆、とても若いじゃないか……。

私がイメージしていたのとは違う、熱意に目を輝かせたデザイナーたち。

……私の兄で、もう一人の副社長マジオ・ガヴァエッリは、日本支社のデザイナー室などいつか撤廃《てっぱい》した方がよい、と主張していた。日本人などにジュエリーのデザインが解ってたまるか、というのが彼の持論だ。しかし……、

……この生き生きとした目の輝き。

……彼らには……見込みがあるかもしれない。

今まで、自分自身のデザイナーとしての作業と、副社長としての業務に追われて、日本支社のことまで手がまわらなかった。イタリアに帰ったら、日本支社のデザイナーたちの描いた作品を見直してみた方がいいかもしれない。

考えながら見渡していた私は、ある青年に目を奪われ、少し驚く。

北欧《ほくおう》の血が混ざっているのかと思うほど白い肌。すっと通った細い鼻筋。まばたきで音をたてそうに長いまつげ。上等の琥珀のようなブラウンの瞳。そして無垢《むく》な印象の、淡《あわ》い珊瑚《さんご》色の唇。

……日本支社には、あんな天使のような美形がいるのか……。

彼は、私のことなど眼中にない、という顔で、視線を私の背後のあたりに向けている。

その透き通った、必死とも言える一途《いちず》な目に、私は、おや？　と思う。

……まさか、彼が、雅樹が言っていた……？

青年は自分の席に綺麗な姿勢で座っていたが、いきなり驚いたように目を見開く。その唇が、なにかを呟くように少しだけ動く。そのまま呆然とした顔で、ドアの方を見つめている。

彼の視線を追って振り向くと、眉間に不機嫌なシワを寄せた雅樹が、ちょうどドアから入ってきたところだった。

「えぇーと！」

その後ろから入ってきた田端が、声を張り上げて、

「こちらがアントニオ・ガヴァエッツリ副社長。そしてこちらが、イタリア本社デザイナー室唯一の日本人デザイナー、黒川雅樹さんです！」

「うっそーっ！　超！　格好いいーっ！　なんてラッキーなのっ！」

「きゃーっ！　お二人とも、もう、超！　超！　守備範囲だわっ！」

二つに分けられたデザインチームの両方から、いきなり女性の黄色い声が上がった。

その声に、デザイナー室の面々が笑う。

緊張していたような雰囲気が破れ、部屋の中にはあたたかな空気が広がる。

……この口うるさそうな田端の下でも、ちゃんと楽しくやっているようじゃないか。
……これは、ますます見込みがありそうかな？

「アントニオ・ガヴァエッリです。同じ会社のデザイナー仲間である君たちにお会いできて、大変嬉しく思います」

イタリア語でお決まりの挨拶をして、雅樹の通訳を聞きながら、私はふと鋭い視線を感じる。

気配を追ってそちらを見ると、今まで目に入らなかったすぐ傍の席に、きつい目で私を睨んでいる青年が座っているのに気づく。

いかにも運動神経の発達していそうな、引き締まった身体。流行の、襟の詰まったタイプのゴルチエの黒の上下。淡いミントグリーンのYシャツ。そしてゴルチエのモスグリーンのネクタイを締めている。ジュエリーよりはアパレル関係のデザインをしていそうな格好だが、生意気で誰も怖れず、自分の道を真っ直《す》ぐに貫《つらぬ》きそうな彼の雰囲気に、その服装はよく合っている。

額に落ちかかる艶のある髪、きっちり刻《きざ》まれた二重《ふたえ》、すっと通った鼻筋、少年のような初《うい》々《うい》しさを残す目をした、凜《りん》とした雰囲気の美青年だ。笑ってくれたらさぞ魅力的だろう。なのに……。

彼は、なにかを警戒するように、きつい顔で私を睨んでいる。

……さっき叫んでいたのは、彼かな？

媚や迷いの不純物を全く含まない、上等の宝石のように純粋な目に、なぜか胸が痛む。

……どうしたんだろう？

鼓動《こどう》が速くなる。

「黒川雅樹です。イタリア本社のジュエリーデザイナー室に所属しています。よろしく」

雅樹が日本語で自己紹介すると、その青年は慌てて私から目をそらし、雅樹を見ながら、

「……彼がこんなに若いなんて！　誰だよ、オジサンだろうなんて言ったのっ……！」

とても困ったような声で、隣の席の青年に向かって囁いている。

そのよく響く美しい声……やはりさっき叫んでいたのは、彼だ。

「……しかも、あんなものすごい美形だなんて……とんだダークホースだぜっ……」

呟きながら、雅樹と、さっき見た琥珀色の目の美青年の間に、視線を往復させている。

「ええと……せっかくガヴァエッツリ副社長とイタリア本社の黒川さんがみえたんですから、この機会になにか仕事に関する質問とか……」

田端が、主導権を握ろうとするように大声で言うと、女性二人がかわるがわる、

「あ、お二人とも、恋人はいるんですかっ？　好みのタイプはっ？」

「初めてキスをしたのはどこですかっ？」

田端が、慌てたように声を張り上げて、

「そういうくだらない質問はだめ！　合コンじゃないんだから！　なにを考えてるんだ？」

言われた女性陣は、膨《ふく》れた顔をして黙る。田端は、これ以上ぼろを出したくない、という顔で、

「ええと。もしよろしかったら、そろそろ資料室の方をご案内します。こちらへ……」

「あ、あのっ！　ちょっと待ってくださいっ！」

いきなり、誰かが叫ぶ。よく通る、甘く澄んだ声だ。

声の主を探すと、それはさっき見た琥珀色の瞳の天使のような青年だった。思いつめたような顔で、雅樹を見つめている。彼は雅樹から目をそらさないまま、デスクの上にあった大判の本のようなものを取り上げる。そして極度に緊張したような仕草で、それを強く胸に抱きしめる。

ロイヤルブルーの布張り、金色で型押しされたガヴァエッツリ家の紋章……あれはガヴァエッツリ・ジョイエッロの作品カタログじゃないか……なんであんなものを……？

と私が思った時、その青年がいきなり立ち上がった。並べられたデザインデスクをまわり込み、真っ直ぐに雅樹を目指して走る。

雅樹は、アキヤ・シノハラという男を探すように、挑むような視線でデザイナー室を見回していた。だが、いきなり何かを叫んで走ってきた絶世の美青年に気付いて、驚いたように目を見開いている。

「あっ、あのっ、クロカワさんっ！」

青年が、雅樹を見上げて、思いつめたような声で叫ぶ。

語尾に少しだけハスキーさのある、甘い声。その声は、顔に似合ってとても色っぽい。

「俺に……なにか？」

雅樹は、面食らった顔で言っている。彼のあまりの勢いに、商品のことでなにかクレームでも言われるのかと思ったのだろう。

青年は、その静かな美貌に似合わない慌てた仕草で、作品カタログをめくる。

ポストイットの貼《は》ってあった、雅樹の作品の写真が載っているページを開く。

「あのっ、僕、あなたの作品のファンなんですっ！」

「……は？」

雅樹が、あまりに意外な展開に、口をポカンと開けてしまっている。

青年はポケットからあたふたとペンを取り出し、その白い頬をバラ色に染めながら、

「サ、サインしてくださいっ！」

まるで中学生がラヴレターでも渡すように、必死な顔で作品カタログを雅樹に差し出す。

「……ああっ！　オレがちょっと気を抜いたスキに、なんてことを……」

私のすぐ傍にいた青年が、手で顔を覆《おお》ってあきれたように呟く。それからいきなり立ち上がり、

「すみませんっ！　……あきやっ！　恥ずかしいからやめろっ！」

彼の声で呼ばれたその名前に、私も雅樹も凍《こお》り付いた。

……アキヤ……？

青年は二人の方に向かって走り、琥珀色の目の青年の肩を抱きしめ、

「おまえはどうしてそうやって警戒心がないんだっ！　オレ、心配でしょうがないぜっ！」

相手の顔を覗きこみ、保護者のような口調で言い聞かせている。

その様子に、私は、おや？　と思った。

……この二人の美青年たちは、将来自分と深く関わってくるような気がする……。

そのほんの半年後、まさか自分がこの日本支社ジュエリーデザイナー室の一員になっていようとは……その時の私は、夢にも思わなかったのだが。

ジュエリーデザイナーのクリスマス

YUTARO・1

「ガヴァエッリ・チーフ！　会議の後、またサボッて裏の公園でタバコ吸ってただろう！

黒川《くろかわ》チーフは、二十分も前に帰って来てるぜ！」

オレが叫ぶと、その見惚《みと》れるようなハンサムは、妙に嬉しそうな声で、

「そんなに怒るな。私がいなくて、寂《さび》しかったのか？　悪かったな！」

指の長い美しい手で、オレの髪をふわりと撫《な》でる。いたずらっぽい笑いを浮かべて、

「ユウタロ、今夜、イザカヤに行こう。あのタタミのある部屋でニホンシュのアツカンだ」

彼の名前は、アントニオ・ガヴァエッリ。そう。学生時代にグラビアで見た、あの男だ。

オレが彼と初めて会ったのは、今年の六月。副社長とイタリア本社のチーフデザイナーを兼任している彼が、日本支社の視察に来た時だ。

オレは、デザイナー室に颯爽《さっそう》と入って来た彼を見て、悔しいけど本気で見惚れてしまった。

彼はものすごいハンサムで、スーツをきりりと着こなして……煌《きらめ》くオーラを放っていた。

その時、オレは『ああ、やっぱりこの男《ひと》は別世界の人間だな』って思って……。

だから、彼がその半年後、つい十日ほど前に日本支社に異動してきて、ブランドチーフとしてオレたちの直属の上司になっちゃった時は……正直言ってものすごく驚いた。

だって、彼がこんなに身近な存在になるなんて、思ってもみなかったし……。

彼は、オレのデザインデスクにその格好いいお尻を乗せて、うっとりした顔で目を閉じ、

「この間、ニクジャガが美味《うま》かった。あとはなんだっけ？　腹に白いキャビアの入った……」

その彼が、ホントはこんなにヘンなヤツだったなんて！　考えてもみなかったぜ！

「あれはキャビアじゃない！　子持ちシシャモの卵だってば！　いいからさっさと仕事しろっ！」

オレが怒って叫ぶと、彼は、思い出した、というようにさりげない声で、

「あ、そうそう、今回の依頼の君のデザイン画をチェックしてみた。致命的な間違いが三ヶ所」

……げ。

青ざめるオレを見て、彼はイジワルな顔で笑って、高そうな時計を覗《のぞ》き込む。

「あと三十分で完璧に直さないと、今夜は残業だよ。その後はイザカヤで決まりだな、ユウタロ」

「うわーっ！　そんな時に、どうして公園でサボってきたりするんだよ、あなたはっ！」

「やだ、悠太郎《ゆうたろう》！　そんなの、あんたと二人で残業するために、わざと時間をつぶしてきたに決まってるじゃないの！　だって今夜はクリスマスイヴよっ！」

「きゃーっ！　ラヴだわ！　居酒屋で飲んだ後、今夜二人はどうなっちゃうのかしらっ！」

紅二点の女性デザイナー、長谷《はせ》さんと野川《のがわ》さんが、次々に黄色い声で叫んでる。

「黒川チーフっ！　どうしてあなたがチェックしてくれなかったんだよっ！」

オレは、自分のチームの直属の上司、黒川チーフに言う。彼は仕事をしながら肩をすくめて、

「俺が見る前に、カヴァエッリ・チーフがデザイン画をさらっていった。俺は自分の仕事がたまっているから、ちょうどいいかな、と思って止めなかった」

「うわーん！」

オレが言うと、黒川チーフはデザイン画から顔を上げ、

「ガヴァエッリ・チーフと二人で残業してくれ」

あっさりと言う。それた視線を追うと、その先には、隣のチームの晶也《あきや》の姿。

仕事をしていた晶也は、ふと気づいたように顔を上げる。黒川チーフと目が合うと、照れたようにドギマギして、その頬《ほお》をふわりと桜色に染める。

……し、信じらんないぜ！

心配していたのとはうらはらに、ガヴァエッリ・チーフは晶也をクドこうとはしなかった。

しかし！　こんなところに、こんなスゴいダークホースが隠れていたなんて！

彼の名前は黒川雅樹《まさき》。今年の六月の終わりに、オレたちの上司として異動してきた。

もともとは、彼は、ガヴァエッリのイタリア本社唯一の日本人デザイナーだった。

世界的なジュエリーデザイン賞を、ガヴァエッリ・チーフと二人で総なめにするような実力派。日本支社の皆は、このマサキ・クロカワって男に会うのを（……っていうか見学するのを。だって、本当に遠い存在の人だって思ってたんだ）、すごく楽しみにしてた。

その中で、一番、マサキ・クロカワに会いたがっていたのは、やっぱり晶也だと思う。

晶也は、そのイタリア本社勤務の日本人デザイナーに、本当に心酔《しんすい》していたし……。

本社デザイナーの平均年齢は五十三歳くらいだっていうし、二十九歳のガヴァエッリ・チーフが平均年齢を一人で下げているとしても、あとは全員オジさんかオジイちゃんだろう。

オレたちは全員、クロカワって人はすごいベテランのオジさんだって思い込んでいて……。

……なのに！　なんだってこんなに若くて、しかもものすごいハンサムなんだよっ！

黒川チーフは、その黒曜石《こくようせき》みたいに光る瞳《ひとみ》で、見惚れるように晶也を見つめてる。

晶也の方を見ると、何を思い出したのか、ものすごく恥ずかしそうな顔で目を潤《うる》ませてる。

……しかもしかも、恋愛関係にはあんなにクールだったオレの晶也に……こんなに色っぽい顔をさせせちゃうなんて……！

「……まったく！　信じられないぜ……！」

終業後。結局残業になって、デザイン画を直すはめになっていたオレは呟《つぶや》く。

オレのデスクの脇、黒川チーフの席にいるガヴァエッリ・チーフが、楽しそうな声で、

「何が？　ああ、『クリスマスイヴにガヴァエッリ・チーフと二人きりなんて、信じられないほどラッキー！』と言いたいのか？」

「ちがう！　クリスマスイヴまで残業なんて、信じられないほどアンラッキーだぜ！」

オレは製図用のシャープペンシルをデスクの上に放り出して叫ぶ。

「そうじゃなくて！　黒川チーフのこと！　オレのあきやは、女の子にキスされても頬も染めない、恋愛関係にはすっごくクールな子だったんだ！　なのになのに！　黒川チーフは目線だけであきやを真っ赤にさせちゃうし！　笑いかけるだけであんなに色っぽい顔をさせちゃうし！」

ガヴァエッリ・チーフはオレを見つめ、イミシンな笑いを浮かべると、

「『目線だけで』や『笑いかけるだけで』じゃないだろう。夜になると、アキヤにアンナコトやコンナコトをしてしまっているんだ」

「うそだっ！　オレはぜったいに信じないぞっ！」

俺は思わず赤面してしまいながら、

「オレのあきやが、あの可憐《かれん》で奥手なあきやが、キス以上のことをするわけがないっ！」

「それをいうなら、あのマサキがキスくらいで済ませるわけがないだろう？　アキヤに『好きだ』と告白されたその日のうちに押し倒して、そのまま美味《おい》しくいただいてしまったに決まっている」

ガヴァエッツリ・チーフは肩をすくめ、あっさりと言う。オレは真っ赤になりながら、

「う、うそだうそだっ！　オレはぜったいに信じないぞっ！」

「はいはいわかったよ。……そろそろ直っただろう？　見せてみなさい」

手を出しながら言われて、オレはため息をつく。

学生時代に晶也にばっかり頼ってた報《むく》いか、俺は未《いま》だに製図が苦手だ。

ジュエリーのデザイン製図っていうのは、だいたいは上から見た図と横から見た図の二枚をまず考える。それを見ながら、立体になった形を正確に想像できなくちゃいけない。

その想像図から、あたかも目の前にモデルがあるかのように、レンダリング（それを立体にして斜めから見た図だ）を描かなきゃならない。

晶也だの、黒川チーフだの、それにガヴァエッツリ・チーフだのは、本当に目の前にそれが存在するかのように、正確で完璧な立体のデザイン図を描く。どんなに複雑な作りだろうと、どんな凝った細工《さいく》があろうと、彼らは絶対に間違えたりしない。

完璧なデザイン図を元にした商品は、やっぱりメチャクチャ美しくて……。

あれって、オレにはない、元々の才能ってやつとしか思えない。

だって、オレなんか考えれば考えるほど解らなくなってきて……。

……ああ、もうヤケクソだぜ！

半分ヤケで渡した清書用紙を覗き込み、彼が眉《まゆ》をつり上げる。

……ああ、チクショ！　またやり直しかよ！

ガヴァエッリ・チーフは、その秀麗《しゅうれい》な眉を寄せるようにして、清書を見つめている。

彼は、普段はいつもフザケていて、オレの顔を見ればからかってばかりいる。

副社長らしさとか、世界でも名の知れた有名デザイナーらしい威厳《いげん》とか、そんなのは全然感じさせない。

どっちかっていうと、皮肉屋で気取り屋で冗談好きの、ただの面白いイタリア人って感じ。

だけど。自分のデザイン画を描いている時、そしてオレたちのデザイン画のチェックをしてる時、彼は普段とはまるで別人のような顔を見せる。

周りの空気までも変え、傍《そば》にいるこっちまで息苦しくなるような、厳《きび》しい緊張感。皮肉や揶揄《やゆ》の欠片《かけら》もない、澄《す》んだ、そして鋭く光る目。

美しいものを追求するためにはどんな妥協《だきょう》も許さない、と言っているようなその表情を見ると、オレの心はなんだか疼《うず》くんだ。……なんなんだろう、この気持ち。

「……こうくるか。なるほどね」

いきなり低く呟いたガヴァエッリ・チーフの声に、オレは我に返る。

彼は、感心したような表情をその横顔に浮かべて、

「さすがの私も、これは思いつかなかった。君には、いつも驚かされる」

「……え？」

「オーケーだ。コピーを取って、書類を作って、イザカヤに行くぞ！」

「あ、ラッキー！　でも、イザカヤはパス！」

オレは荷物を持って立ち上がりながら、目を丸くしている彼に向かって、

「コピーよろしくお願いしまーす！　オレ、ちょっと用事あるからお先にっ！」


「あきやー、いるー？」

言いながらノブをまわす。ラッキー！　留守じゃないみたい。

学生時代から来慣れた部屋。でも、このドアを開ける時、オレはいつだってドキドキするんだ。

オレは一度自分の部屋に帰ってから、愛する晶也のもとに自転車を飛ばして来た。

靴を脱ぎ捨てて廊下に上がる。リビングのドアを開けると、フロアスタンドが点《つ》けっぱなし。狭《せま》いけど綺麗《きれい》に片付けられた部屋を照らしてる。なのにこの部屋の住人の姿はどこにもない。

電気が点けっぱなしってことは、近所のコンビニ？　どっちにしろ、すぐ帰って来るだろう。

買って来たクリスマスケーキの箱をこたつの上に置き、革ジャンを脱ごうとした時……。

「……ん……」

急に聞こえてきた微《かす》かな囁《ささや》きに、オレはギクンと固まった。

……なんだ？　アパートの隣の部屋？

「……ん……」

ここから襖《ふすま》を隔《へだ》てたベッドルームからだ。この声は……？

「……ダメ……」

ちょっと待った！　この声は……オレの愛《いと》しい、綺麗な綺麗な、この部屋の住人の……？

襖は少しだけ開いていて、声はそこから聞こえてくる。そして耳をすますと微かに衣擦《きぬず》れの音。

まさか、まさか、まさか、この襖の向こうでは……？

オレは、いけない、いけない、と思いつつ、やっぱり襖の隙間《すきま》から隣の部屋を覗いてしまう。

そこは見慣れたベッドルーム。きちんと片付けられたデザインデスク。綺麗な壜《ビン》やデッサン用のトルソーが並んだ棚《たな》。サイドテーブルのスタンドの明かりがベッドを照らしてる。

そして、そこにかけられた真っ白いシーツの下では……？

うっ、嘘だろぉぉ……？

シーツから覗く、陽《ひ》に灼《や》けた裸の上半身。オレの愛しい晶也を組み敷き、抱きしめている。

顔を見なくたって解る。これは……黒川チーフ。

だけど、まさかオレの晶也に……こんなことまでしちゃってるなんて……！

黒川チーフは、晶也の首筋に顔を埋《うず》め、獲物にとどめをさす狼《オオカミ》みたいにその肌に歯をたてる。

晶也のミルク色の身体《からだ》が、しなやかにのけぞる。牙《きば》から逃れようと力なく抵抗するけど、細い手首はすぐにつかまれて、ベッドに押しつけられてしまう。

「……あぁ……雅樹……」

形のいい唇が薄く開いて、たまらなげな甘い吐息《といき》をもらす。

普通の時でも少しかすれるような甘い声なのに……その上、こんな……。

晶也の滑《なめ》らかな頬が、色っぽく紅潮《こうちょう》してる。固く閉じられた目から、涙が一筋煌めきながら流れ落ちた。

いつでも綺麗な綺麗な、オレの晶也。

どんな男に迫られようが、にっこり笑って受け流したくせに。

オレが押し倒した時だって、顔色一つ変えずに笑ってたくせに。

「……クリスマスプレゼントには、なにが欲しい？　君のためなら、どんなものでも手に入れてあげる」

黒川チーフの低い声。男のオレでさえ腰にきちゃうような、セクシーな囁き。

晶也の身体がピクンと震え、目を閉じたまま、その綺麗な色の唇を動かして微かに何かを囁く。

黒川チーフはそのハンサムな顔にイジワルな笑みを浮かべて、晶也を見下ろすと、

「……ん？　まだ覚えてないみたいだね。して欲しいことがあるなら、聞こえるように言うこと」

晶也が切なげな声で、ああ、と喘《あえ》ぐ。涙がもう一筋、水晶みたいに光りながら目尻を伝う。

「……今夜は一晩中……あなたが欲しいんです……」

黒川チーフは、ものすごく優しい顔をして晶也を見つめ、

「いい子だ。愛しているよ、晶也」

晶也がそっと目を開き、自分にのしかかった恋人を甘く潤んだ瞳で見上げる。かすれた声が、

「僕も……愛してます……雅樹……」

晶也の横顔は、目眩《めまい》がするほど色っぽくて……そして、本当に幸せそうで……。

「……メリー・クリスマス、晶也……」

黒川チーフの逞《たくま》しい腕が、愛しげに晶也を抱きしめる。

「……メリー・クリスマス、雅樹……」

そして二人は、深い深いくちづけをかわして、誰も入り込めない二人だけの世界に堕《お》ちていく。

……考えてみれば、クリスマスイヴの夜に、あの黒川チーフが晶也を一人で放っておくはずがないじゃんか……！

気づかれないように足音を忍ばせて部屋を出る時、玄関にある晶也のものにしてはサイズが大きすぎる革靴にやっと気づいて、自分のバカヤローさ加減にあきれた。

そしてオレは目の前に星を散らしながら、足音を忍ばせて部屋を出た。

ANTONIO・1

「ねぇ。好きな子が、誰かに抱かれてるとこを見ちゃったとしたら……あなただったら、どうする？」

ソファの隅に膝《ひざ》を抱くようにして丸まった悠太郎が、微かに頬を染めながら言う。

なにがあったのか知らないが、今夜、この部屋に入ってきた時から、彼は妙に色っぽい。

ここは、二週間ほど前に日本に来てから、私がずっと滞在しているホテルの一室。

ソファが二セットあってパーティーも開ける、広めのリビングルーム。

ランチ・ミーティングが開けるように大きなテーブルの置かれたダイニングルーム。

キングサイズのベッドとライティングデスクがあってもまだ余裕のあるベッドルーム。

日本のホテルの部屋の中では、広さも設備も内装も最高ランクだろう。

だが、イタリアにある屋敷の、私の部屋に比べると……ごく慎《つつ》ましいものだけれど。

窓の外には、星空のように美しく広がる東京の夜景。

ここは都内の超高級ホテル。最上階のプレジデンシャル・スイートだ。

「……なるほど。君は、マサキとアキヤがセックスをしている現場を見てしまったんだね」

私が言うと、彼はいきなりガバッと身を起こして、

「ええっ？　何でいきなりわかっちゃったんですか？」

私は思わず、ソファにのけぞるようにして爆笑してしまう。

「ひっかかったね。わかるわけがないだろう？　カマをかけただけだよ、ユウタロ」

「信じらんない。根性悪い。すごいイジワル……」

悠太郎は脱力して、ゴージャスなソファに沈み込む。

「恋人同士ならセックスくらいするだろう？　何をそんなに慌てている？」

私は立ち上がり、備え付けられたミニバーの冷蔵庫からオレンジジュースを取り出す。

氷を入れたグラスに注《つ》ぎ、申し訳程度にウオッカをたらして、彼に差し出す。

「意外に純情なんだな、ユウタロ。もしかして、君はまだ未経験？」

試しに言ってみると、彼はその滑らかな頬を、カアッと赤らめる。

……可愛《かわい》すぎる。この様子ではきっと図星だな。

「ガヴァエッリ・チーフ、馬鹿にしてんの？　オレ、子供じゃないんだよ！　ウオッカ追加！」

ヤケクソのように言う彼の言葉に、私は肩をすくめて、グラスに少しだけウオッカを注ぎ足す。

「私もゲイだと言ったはずだ。この部屋で酔《よ》っ払《ぱら》うと大変なことになるよ」

言うが、彼は少しも警戒していないような顔で、グラスの中身をグイッと飲み干し、

「酔っ払わないよ、オレ、お酒には強いんだよ！　もう一杯！　ウオッカ追加！」

私は、グラスにジュースとウオッカを注ぎ足しながら、

「まったく仕方のないお子様だな。忠告はしたからね。やられてしまっても知らないよ」

私はあきれながら言う。……この無防備さは、本当に危険だな……。

「オレだってゲイだけど、ヤッちゃうほうだもんね！　あきやみたいな美少年を探して、ハニーにするんだ！　ちくしょう！　黒川チーフめ！　オレのあきやにアンナコトまでっ！」

くやしがって叫んでいる。私は思わず笑ってしまいながら、

「アンナコトって？　どんなすごいことをしていたのか、聞かせてくれないか？」

「アンナコトっていったら……い、言えるワケないだろ！」

叫んで、またカアッと赤くなる。私はまた、笑ってしまいながら思う。

……ああ、こんなところが本当に可愛いな、君は……。

「オレなんか、あきやと五年も一緒にいてキスも出来なかったのに……黒川チーフったら、付き合い始めてたったの一ヵ月で……！」

「一ヵ月どころじゃない。マサキはアキヤに好きだと言われたその日のうちに、もう押し倒していたらしいよ」

「冗談でしょう？　さすがの黒川チーフも、まさかそこまでは……」

雅樹の本性を知らない悠太郎は、信じていない顔をする。それから唐突《とうとつ》に、

「オレもあきやみたいな美少年を探して、ゲイになってやる！」

「ゲイなんて、ムリヤリなるものじゃない。どうしようもなく好きになった人が、たまたま同性だった。そういうものだ」

私は思わず言ってしまう。

「それに君は、やられる方が向いていると思うよ。その整った顔、生意気な言動、非常にそそられるものがある」

彼は一瞬、私の顔を見つめ、それからふいに我にかえったように、

「ちっくしょうっ！　オレより身長があって脚も長いからって、バカにしてっ！」

「バカにしているわけではない。正直な見解を述べただけだ」

私は言って立ち上がり、自分のグラスを持ってソファの彼の隣に移動する。背もたれに肘《ひじ》をついて、悠太郎の端整な顔を見つめながら、

「何事も経験だ。自分には本当はどっちが向いているのか、試してみるといい」

「た……試す？」

「いきなり押し倒してもいいが、君みたいに純情なお子様には、まずはキスからかな」

彼の手からグラスを取り上げる。顔を近付けると、彼は目を閉じ、ソファの上で硬直する。

彼の目は、いつも強い光を浮かべていて、彼を凜々《りり》しい美青年に見せている。

しかし、こんなふうに目を閉じていると、彼はなんだか胸が痛くなるほど初々《ういうい》しくて……。

……こんな純情な子に、遊びで、キスをしちゃいけないな……。

私は手をのばし、指先でそっと、彼の引き結ばれた唇に触れる。

彼の身体がピクンと震え、その眉が色っぽい感じで寄せられる。

「……んんっ……」

キスをされたと思ったのか、彼が微かに呻《うめ》く。私の身体に、ズキンと甘い電流が走る。

……これは……？

……これは、何なんだ……？

「これは……本気でソソられるものがあるな」

私は、苦笑して呟く。

いつもの気の強い感じと、触れなば落ちん、という風情《ふぜい》のギャップが、とても色っぽい。

彼は、あわてたように目を開ける。

キスではなく、唇に触れていたのが私の指だということに気づき、呆然《ぼうぜん》とした顔をする。

「冗談だよ。その気もない相手にキスなんか許してはいけないよ、ユウタロ」

言うと、彼は真っ赤になって、

「……う……」

一瞬つまったあと、彼の怒りは爆発した。

「ちくしょう！　ガキだと思ってバカにすんなっ！」

いきなり身を乗り出し、呆然としてしまった私の襟首《えりくび》をつかんで、ベッドに押し倒したのに、

「どーせオレは、五年も片想いしてたオオバカヤローだよっ！　いざとなったらキスも出来なかったお子様だよっ！　だけど……だけど、オレはっ！」

彼の目に、みるみるうちに涙が溢《あふ》れ、滑らかな頬を流れ落ちる。

「あきやのことが、ものすごぉおく大事なんだよおぉっ！」

「……ユ……ユウタロ……？」

泣いている悠太郎は、真っ直《す》ぐで、純粋で、あまりに美しく、私の心を揺らしてしまう。

……ああ……なんなんだろう、この気持ちは……。

「あきやが他の男のモノになるなんて、本当は絶対にイヤだ！　だけどあきやは、あいつといる時すごく幸せそうで……オレ……」

私は思わず手をのばし、彼の身体を引き寄せてしまう。そのままかたく抱きしめ、彼の髪に顔を埋める。ああ、どうしてこんなに彼のことが愛しいんだろう。

「わかっている。ふざけて悪かったな……」

精いっぱい優しく囁くと、彼の身体が緊張したように硬直する。

そっと彼の顔を上げさせ、その黒く透き通った瞳を覗きこむ。

長いまつげ、通った鼻梁《びりょう》、気の強そうな唇。瞳には、少年のような純粋さを秘めた強い光。

「……ああ。君が私の、運命の恋人ならいいのに……」

私の唇が、イタリア語で呟いてしまう。

自分がなにを言ってしまったかに気づいて、私は自分で少し驚く。

……どうしたというんだ？　彼とは、まだ出会ったばかりなのに……。

……お互いのことを、まだなにも知らないというのに……。

「……イ、イタリア語で言ったって、わかんないよ、オレ」

悠太郎は、少し困ったような顔で言う。

私は、なんだか照れてしまいながら笑って、

「君があんまり可愛《かわい》いから、大変なことを言ってしまった」

「なんだよっ？　大変なことって？」

つかみかかる悠太郎に笑ってしまいながら、私は電話に手をのばす。

専属の運転手の電話番号をプッシュする。彼には、いろいろな手配を任せられる。

「気にするな。それよりせっかくのクリスマスイヴなんだ。今夜は私に付き合ってくれないか？」

……そう。もう少し一緒にいて、君のことが知りたいんだよ……。

「あ！　これから用事があるんですか？　なら、オレ……」

悠太郎が立ち上がる。私は電話で指示を与えながら、彼の手をつかんで慌てて止める。電話を切って立ち上がり。

「今夜一晩、私の恋人になってデートしてくれ、と言っているんだよ……なにせ……」

彼の顔を横目で睨《にら》んでから、クロゼットに向かって歩く。

「毎回デザイン画の〆切を破っている上に、クリスマスイヴにまでこのわたしに残業をさせたのだからな」

彼は、〆切を破りまくり、しかもコピーまで取らせたことを思い出したのか、殊勝《しゅしょう》な声で、

「すいません……って、どこに行くつもりですか?」

黒いコートを羽織《はお》っている私に、慌てたように声をかける。

「調布《ちょうふ》の空港に、私の自家用セスナがある。東京タワーをクリスマスツリーにして、シャンパンでもあけよう」

「ちょ、ちょっと待って。……自家用セスナって……本当?」

私は振り返り、革ジャンをつかんだまま目をむいている彼に、

「この私の提案に不賛成なら、はっきり言いたまえ」

凄《すご》んでみせると、彼は楽しそうに笑う。

……ああ、彼の笑顔は、なんて魅力的なんだろう……。

「賛成だけど、クリスマスケーキがないと……あ、やばい！」

「どうした、ユウタロ？」

「あきやの部屋にケーキを置いてきちゃった！　このままじゃオレが二人のエッチシーンを覗いたの、バレバレだよ！」

「ヤバい。あれから一時間以上たってる。もうさすがに気がついちゃったかな。……でも一晩中とか言ってたしな……」

　調布に向かうリムジンのシート。腕時計を覗きこんだ悠太郎が呟いている。

「……一晩中？」

　私が聞くと、彼は恥ずかしげにその頬を染めながら、

「黒川チーフが、『プレゼントは何がいい？』って聞いたら、あきやが『一晩中あなたが欲しい』とか言っちゃってて……」

　私は手で顔を覆うと、あきれかえってため息をつく。

「聞いただけで気が遠くなるような、激甘カップルだな」

「あまりの激甘ぶりに、見たオレは気が遠くなっちゃったよ」

　私の脳裏を、ある計画が過《よ》ぎる。私は彼の顔を見つめて笑いながら、

「幸せな二人に、我々からもプレゼントをあげないとな」

「メリー・クリスマス、ガヴァエッリ・チーフ！」

「ヴォン・ナターレ、ユウタロ」

私たちは、星空のように煌いている東京の上空でシャンパンを開けた。

悠太郎はシャンパンを飲みながら、子供のような顔でセスナの気密窓に張り付く。

「すごい。東京タワーだ。あっちは新宿……ってことは、あきやたちがいるのはあのへんかな？」

私たちは、さっきのことを思い出してにやりと笑い合う。

調布の空港に向かう途中、私たちは荻窪《おぎくぼ》にある晶也のアパートに寄った。

予想どおりというか恥ずかしいことにというか、彼らがベッドルームから出てきた形跡はなく……まあ、覗こうという気はもちろん起こさなかったけれど……私たちはプレゼントとクリスマスカードをケーキと一緒に置いて、足音を忍ばせて部屋を出た。

「しかし。アキヤにあんなものをプレゼントするなんて、君もそうとう下品だな」

私は、シャンパングラスを上げながら笑ってしまう。

彼がプレゼントとして選んだのは、コンビニエンスストアに売っていた『進入禁止！』とプリントしてあるトランクスだった。

「黒川チーフにあんなものをプレゼントするあなたのほうが、ずうぅーっと下品だぜ！」

私が雅樹に選んだのは、コンビニエンスストアや薬局で売っている例の小さい箱。

中身は……ご想像にお任せする。

「どこが下品だ？　一晩中ならたくさん必要だろうと思って……」

「……あなたって、黒川チーフに負けないくらいにエッチそう」

あきれたような顔で言われて、私は思わず笑ってしまう。

「そうかもしれない。なんなら……」

半分本気になりそうになりながら、美しい彼の目を見つめ、

「……今夜一晩かけて、それを証明してあげてもいいんだよ」


「アントニオ。悠太郎。ゆうべのあれは君たちの仕業か……？」

次の日。私と悠太郎は、休憩室のコーヒーベンダーの前で雅樹に問いつめられていた。

『プレゼントは一晩中のアレ』のはずだったが、今朝の雅樹は晶也と二人で仲良く新しいネクタイを締めて出社してきた。まったく。憎たらしいような、少しだけ……うらやましいような。

「あれって何？　プレゼントなら、サンタさんからでしょ？」

「昨夜の我々は、一晩中一緒に甘い夜をすごしていたんだ。どこかの激甘カップルにかまうほど、暇《ひま》じゃなかった。なあ？」

悠太郎と私は、顔を見合わせて笑いあう。

本当は、あの後さんざん騒ぎ……悠太郎の部屋に寄って今日の着替えのスーツを用意して……それから私のホテルのキングサイズのベッドで……二人一緒に、並んで眠っただけなのだが。

雅樹は、そのハンサム顔にものすごく驚いた表情を浮かべ、

「アントニオ！　まさか、部下である悠太郎に……！」

「マサキ。おまえに、そんなことを言う権利はないと思うが？」

私の言葉に笑いながら、悠太郎が部屋を出て行く。つきあっていられない、と思ったのだろう。

……来年のクリスマスまでには、恋人を作らないとな……。

心の中で呟いた私は、昨夜見た安らかな悠太郎の寝顔を思い出して、少し優しい気持ちになる。

……ああ……本当に、彼が私の運命の恋人ならいいのに……。

この広い世界のどこかにいる、もしかしたら意外に近くにいるかもしれない……私の運命の恋人に。

メリー・クリスマス！

副社長はキスがお上手

YUTARO・1

「そういえば、初めてこの部屋に泊まったのは、去年の、あのクリスマスイヴの夜だったんだよなあ」

今は、十一月。

ガヴァエッリ・チーフがイタリアから異動してきて、オレたちの上司になってから、約一年。

彼が日本支社に視察に来て、オレと初めて会った日からは、一年半が過ぎた。

オレも入社して二年が経《た》ったし、だんだん大きい仕事もできるようになってきた。

だから、毎日が順調……な、はずだったんだけど……、
オレは、彼が日本に来てからずっと住んでいる、ホテルのプレジデンシャル・スイートにいた。

「……こんなゴージャスな部屋にずっと住みついちゃってるなんてお金持ちにもほどがあるぜ！」

……と言いつつ、ほとんど週末ごとに遊びに来てる、オレもオレなんだけどね。

オレとガヴァエッリ・チーフは、なぜだか気が合っちゃって、いつのまにかしょっちゅう一緒に行動するようになってしまった。

二人とも口が悪いから、オレたちはよく喧嘩《けんか》をする（……っていうか、オレが一人で噛《か》みついてるだけなのかもしれないけど）。でも彼はオトナだから本気でムキになったりはしないし、口では皮肉やからかいの言葉を言ってオレを怒らせるけど、本当はけっこう優しいところもある。

飾らなくていい分、彼といるのはすごく居心地がいいんだよね。

……だけど最近、ガヴァエッリ・チーフと一緒にいると、なんだかオレは変なんだ。

晶也《あきや》といる時みたいな、楽しくて、くすぐったくて、ドキドキするような気持ちとは違う。

最初会った頃は『間違ってるって言って怒られる！』とか『変なこと言うとバカにされそう！』とかいう、普通の部下が上司といる時に当然感じそうな、そんな気持ちが大きかった。

……だけど、いつからか、なんだか……。

彼は、オレのどこが気に入ったのか解らないけど（多分、気楽にからかえるところだろう）、ことあるごとにオレを誘って、いろいろなことを教えてくれたり、じゃなかったら面白い場所に連れて行ってくれて、楽しい時間を過ごさせてくれたりする。

悔しいけど、オレはだんだんそういう時間が楽しくなってきて……。

イヤだとか言いながら、なんだか彼に誘われるのを待ってるような感じになってきて……。

「……そんな顔をして黙っていると、君は妙に色っぽいな、ユウタロ」

からかいを含んだ声に、オレはハッと顔を上げる。

そこには、上等なバスローブに身を包んだ、すごいハンサムが立っている。

濡《ぬ》れたままの髪から、水滴《すいてき》が伝《つた》っている。スタンドのほの暗い明かりに光りながら滑り落ち、しっかりとした男っぽい首筋を流れ、逞《たくま》しい胸元に……、

「……うっ！」

オレは思わず呻《うめ》き、一人で真っ赤になりながら、

「ちくしょう！　だらしない着方をするなっ！　バスローブの襟《えり》は、きっちり閉めろよっ！」

ガヴァエッツリ・チーフは、ソファの上、オレのすぐ隣に腰を下ろし、楽しそうな声で、

「なぜだ？　私は前から言っているようにゲイだが、ここ最近の君は、自分はストレートだと言い張っている。男の胸元が見えたくらい、どうってことはないだろう？」

わざと至近距離で、オレの顔を覗《のぞ》きこむようにしながら、

「それとも……なにか不都合《ふつごう》なことでもあるのかな？」

ガヴァエッツリ・チーフは、いつもの笑いを浮かべて、オレを見つめてる。

彼は、単に顔がハンサムってだけじゃなくて、すでにその骨格からして完璧だ。

幅の狭《せま》い絶妙な形の頭蓋骨《ずがいこつ》、細くて高い鼻梁《びりょう》、作り物みたいに申し分ないほど整った顔立ち。

少し神経質そうな眉《まゆ》、引き締まった頰《ほお》に浮かぶ怜悧《れいり》な表情。

でもまつげの長い目がすごくセクシーで、そのギャップがなんだか人の心を揺らす。

黒曜石《こくようせき》みたいに光る瞳で見つめられたら、どんな美女でも一瞬で陥《お》ちてしまいそう。

男っぽい唇。そこに浮かぶ笑みは、いつも本気なんだか、からかってるんだか解らない。

「なんだよ！　バカにしてるなっ！」

オレは、彼のこの笑いを見ると、なんだかムカついていつも反抗しちゃうんだ。

どっか皮肉で、人を小ばかにしたようで、でも、どこか寂《さび》しげで……なんだか心が疼《うず》いて、放っておけない気持ちになる。

そんな気持ちになる自分に、さらにムカついてしまう。

この人は、こんなに格好よくて、すごくセクシーで、とてつもないお金持ちで……。

……ちくしょう！　絶対に隠れて遊びまくって、悪いことしてるに決まってる……！

……しかし。

オレは、また原因の解らない気持ちに支配されながら思う。

……なんでオレが、この人のことで、こんなにムカつかなきゃならないワケ？

「あ、そういえば！」

ガヴァエッリ・チーフは、オレの気持ちになんか全然気づいていないようなノンキな声で、

「ユウタロ、今のマンションを出ることにしたんだろう？　新しい部屋を探しているのか？」

言われて、オレはため息をつきながら、

「ああ、そうだった。なかなかいい部屋がないんだよ。どうしよう、更新まであと一ヵ月しかないのに！」

オレは、中央線沿いの西荻窪《にしおぎくぼ》ってところでマンションの部屋を借りて、一人で住んでいる。そこは荻窪にある晶也の部屋までも近いし、新しいし、なかなかよかったんだけど……。

「なんで家賃を一万円もアップするなんて言いだすんだよ！」

オレは泣きそうになってしまう。

マンションの家主さんが変わったらしくて、いきなり『次の更新から家賃を値上げしたい』っていう通知が来てしまった。

いくらデザイナーっていったって、職位はヒラ。家賃を払ったら、給料の残りは食費と交通費、それに服代（これだって大きい買い物はセールの時だけにしてるし！）くらいで消えちゃう。

これ以上家賃を取られたら、もう暮らしてはいけない！　って状況だ。

それに、一万円も家賃を上乗せしてまで、どうしても住みたいってほどの広い部屋でもな

いし。

だからオレは、この機会に、新しい部屋を探して住もう、と決心してたんだけど……。

「なかなかいい物件が見つからないんだよ！　敷金礼金ゼロで、あきやの部屋まで自転車で行ける距離で、デザインデスクとベッドが入るだけのスペースがありゃ、文句は言わないのに！」

オレは途方に暮れて叫ぶ。十一月で時期が半端なせいか、なかなか気に入る部屋が見つからなくて……。

「ああ……それならいい方法があるぞ、ユウタロ！」

ガヴァエッリ・チーフが、パチンと指を鳴らして言う。

「シキキン・レイキンというものがかからなくて、割合に広くて、家賃もタダ同然だ」

オレは、思わず身を乗り出して、

「どこっ？　どっかいい物件、知ってるのっ？　教えてっ！」

彼はオレの顔を覗きこむようにしながら、セクシーな笑いをそのハンサムな顔に浮かべ、

「……私と一緒に住もう」

低い声で囁《ささや》かれて、オレは一瞬その笑顔に見惚《みと》れ……。

「こっちは真剣に悩んでるんだぜっ！　茶化すなよっ！」

赤くなってしまいながら叫び、ソファから立ち上がる。

ガヴァエッツリ・チーフは、その顔に、本気なんだかフザケて演技しているんだか全然解らない真剣な表情を浮かべてみせて、

「茶化してなどいない。君がここに泊まって、朝早く着替えを取りに部屋に帰る時、私はけっこう寂しいんだ。一緒に住めれば、毎朝一緒に通勤できるじゃないか」

それから、その頬に、照れてるんだかからかっているんだか解らない笑いを浮かべ、

「それに、一緒のベッドに寝ながら指一本触れないままでいるのは、なかなかつらいものがある。この際、私と恋人として付き合うことにしないか？　……大切にするよ、ユウタロ」

囁かれ、黒い瞳で見つめられて、頭の芯《しん》が痺《しび》れるような気がする。

……ああ……このまま、なにも解らなくなってしまいそうな……。

オレは呆然《ぼうぜん》と彼の整った顔を見つめ……それから、ムリヤリ自分を叱《しか》りつけて我に返る。

……この人は、百戦錬磨《れんま》の遊び人だっ！　こんなこと、誰にでも平気で言ってるんだっ！

……一緒に住もう、なんて絶対に冗談だ。本気にしたら、笑われるに決まってるっ！

「そんな言葉、本気にしないぜ、オレっ！　ふざけんなよっ！」

……広いったってここはホテルじゃん！　一緒に住もうも何もないだろっ！

……それに、どうして部屋を探さずに、いつまでもホテルに住んでるんだよ？

……きっと、日本に飽《あ》きたらいつでもどこか別の国に行っちゃえるように、だろう？

オレはなんだかすごくムカついてしまいながら、自分の鞄《かばん》を掴《つか》む。そのまま部屋を飛び出

そうとして……。

「帰ってしまうのか、ユウタロ？」

ガヴァエッリ・チーフの声に、知らずに足が止まってしまう。

そのいつも自信たっぷりな口調が、なんだか今だけは寂しげな感じで……。

「か、帰んねーよ……ホテルの傍《そば》のコンビニに行って住宅情報誌を買ってくるだけ！」

と、思わず言ってしまうオレって……？

中から財布だけを取り出し、鞄はソファの上に放り出す。

「コンビニ行ってから……上のバーで飲んでる！　髪を乾かしたら来ればっ？」

「わかった、すぐに行く。ヘンな男に口説《くど》かれないように気をつけて」

優しい声で言われて、オレの心臓がズキンと跳ね上がる。

心が、つらいような、痛いような、でもなんだかすごく甘い気持ちに支配される。

……だから、なんなんだよ、これは！

「あーあ、やっぱあんまりいい物件はないよなあ。どうしよう？」

ロマンチックな蠟燭《ろうそく》の明かりの中、目を凝らして住宅情報をめくっていたオレは、ため息をついてソファに沈み込む。

ここは、ガヴァエッツリ・チーフが住みついている超高級ホテルの最上階のバーラウンジ。内装は洒落《しゃれ》ていてふんだんにお金がかかってるし、敷居の高いホテルだからデートのカップルとかに占領されることがない。窓の外には綺麗《きれい》な夜景が広がっているし、ジャズの生演奏は聞けるし、飲み物一杯分のお金くらい払ってもいいと思うくらいの、すごく居心地のいい場所なんだ。

「ユーウターロくん♪」

歌うような声で名前を呼ばれ、顔を上げる。

「こんな美青年が一人で飲んじゃってアブナイなあ。イイ男のおれがお相手してあげようか？」

……こういう男が寄ってこなければ、の話だけどな！

オレは、ソファの脇に立ってニコニコしている金髪の男を見つめ、それから目をそらして窓の外の夜景を眺めて、

「今、なにか聞こえてきたような気がするけど……イイ男なんてどこにもいないから気のせいか」

「こんな美形のおれをシカトする気なのか？」

流暢《りゅうちょう》な日本語で言いながら、彼はちゃっかりとオレの向かい側のソファに座る。

「座るなっ！　ガヴァエッツリ・チーフが来るし、それにあなたといる方がよっぽどアブナイ

ぞっ！」

彼はジョン・ローレンス。ガヴァエッツリ・チーフやオレとも顔見知りの、やっぱりこのホテルに住み着いちゃってる超・お金持ち。大きい会社をいくつも経営してるらしい。歳《とし》はガヴァエッツリ・チーフと変わらないくらい。金髪碧眼《へきがん》の、黙ってりゃけっこうな美形なんだけど……なんせカルい。

「その冷たいところがたまらないなー。口説いちゃおうかなー？」

「うるさいな！　さっさと自分の部屋に帰って寝れば？」

「そういう意地悪なところもまた……ああ、いやいや、今夜は、別の用事があったんだ。ここに来ればアントニオがいるかな、と思って顔を出したんだが……」

「彼になんの用だよ？」

オレが言うと、彼は内ポケットから封筒を取り出して、

「うちの会社、今週末に日本で催《ひら》かれるフィリップ・ガレのショーのスポンサーをしてるんだよね」

「ええっ？　フィリップ・ガレのショー？」

オレは思わず身を乗り出す。

テレビのファッション通信なんかでもおなじみのフィリップ・ガレは、超高級品ばかりを扱う、フランスでもトップクラスの服飾デザイナーだ。

今回のショーの目玉は、ガヴァエッツリのライバル会社とも言えるフランスの宝飾店、ヴォー・ル・ヴィコントの本物のジュエリーをモデルが着けることらしい。

アパレル関係の会社と宝飾品の会社が協力してコレクションをすること事体はそんなに珍しくはないんだけど、今回はなんたって超高額品を扱うヴォー・ル・ヴィコントだし、噂《うわさ》じゃショーの後のパーティーでは、使った宝石類を展示するって言うし……。

ヴォー・ル・ヴィコントの支店は日本の銀座にもあるけれど、今回みたいな本店秘蔵の商品を見る機会なんて、パリに行かない限りない。貧乏なオレがヨーロッパなんかに行く機会は、当分ないだろうし……。

「ドレスになんか興味ないから、ショーは観なくてもいいんだ！　パーティーに入れる招待状が余ってたら、くれない？」

「ドレスなんかって失礼な。フィリップ・ガレは超一流だよ。それにメンズもあるし……」

ジョンはぼやきながらも、封筒をオレに差し出して、

「この招待状一枚で、ショーとパーティーの両方に入れる。二枚入っているから、よかったら、アントニオと一緒に来てよ。デートがてら」

……デート？

オレの心臓が、またズキンと跳ね上がる。ジョンは、ため息をつきながら、

「あーあ。こんな綺麗な子を見つけたと思ったら、他人《ひと》の恋人だもんな。しかもあの怖すぎ

るアントニオのハニーじゃ、とっても手が出せない」

……恋人？

オレの鼓動が、どんどん速くなる。

……ああ、オレ、いったいどうしたっていうんだよ？

「な、なに誤解してるんだよ！　オレとガヴァエッリ・チーフは、そんな関係じゃないぜ！」

オレは、もらった封筒を雑誌の間に挟みながら、一人で真っ赤になってしまう。

「単なる上司と部下！　どう考えたら、そんな誤解ができるかな？」

ジョンは、笑いながら両手を挙げて、またまたあ！　という仕草をしながら、

「だって、君がこのホテルによく来るようになってから、一年も経つじゃない。照れなくっていいってば！　休みの日には仲良くでかけてるみたいだし、ラヴラヴなんだろ？　うらやまし……」

ジョンは、オレの表情に気づいたように言葉を切り、

「……ええと、もしかして……本当にセックスしてないの？」

「ほんとだよ！　あの部屋でお風呂に入ったり、そのあとは一緒のベッドに寝たりするけど……オレと彼は、エッチなことなんかしない。だってオレ、ゲイじゃないもん！」

「……え……うそだろう……？　それって……」

彼は呆然とした顔をしてから、手で顔を覆って深いため息をついて、

「……あーあ、アントニオも気の毒に」

「な、なんだよ！」

オレが焦《あせ》って言うと、ジョンは、

「だって考えてもみろよ。こんな魅力的な子が、同じベッドの隣ですやすや眠るんだぜ？　ストレートの男の感覚で言うのなら、セクシーな美女が肌もあらわな格好でベッドの隣に入って来て、『だけどエッチなことだけはしないでね』なんて言うくらいバカらしいぜ」

「バ、バカらしいってなんだよ！」

ジョンは普段はカルいんだけど、さすが会社をやっているだけあってけっこう厳しいことも言う。彼は、少し責めるような目でオレを見て、

「もしかして、アントニオが苦しんでいるのを見て、面白がったりしてる？」

「何だよそれ？　彼は苦しんでなんかいないぜ？　オレたちは単なる上司と部下で、だから遊びに行った後に帰るのが面倒になって部屋に泊まったって、全然問題ないだろ？」

「それはちょっと……残酷なんじゃないかなあ」

ジョンは、オレの目を真っ直《す》ぐに覗き込んで、

「いいことを教えてあげよう。アントニオは……絶対、君のことが好きだぜ」

「……えっ……？」

その一言で、オレの心臓が止まりそうになる。彼はさらに止《とど》めを刺すように、

「そして、オトナなんだから、好きなら抱きたいに決まってる」

「……ええっ……？」

『抱きたい』というフレーズが、オレの頭の中をぐるぐると駆け巡《めぐ》る。

こんな時に必ず思い出すのは、去年のクリスマスイヴのこと。晶也と黒川《くろかわ》チーフがセックスしてる場面を目撃してしまったオレは、『男同士でもちゃんとできる』ってことを認識してしまった。

それは、オレにとってはあまりにも衝撃的な認識だった。

オレはずっと晶也に、『オレとエッチなことしてみない？』とかって言ってたけど……どこか心の隅では、『男同士でセックスできるわけがない、できてもジャレ合うくらいだろう』って思っていたような気がする。……だけど……。

もしかして、万が一、ガヴァエッリ・チーフがオレ相手にそんな気になったとしたら……

オレたちはあんなふうに愛し合うことだってできる、ってことが解ってしまった。

晶也を強く抱きしめ、愛しげにキスをしていた黒川チーフ。

彼の腕の中で、悩ましく喘《あえ》ぎながらも、ものすごく幸せそうだった晶也。

オレの頬が、カアッと熱くなる。

ガヴァエッリ・チーフにはもちろん秘密にしてるけど、最近、彼の隣で寝た夜には、オレはよく夢を見る。

最初はあの時の再現フィルムみたいで、『ヤバい。彼らのお邪魔にならないうちに退散しよう』としか考えないんだけど、そのうちに抱いている方がガヴァエッリ・チーフの顔に見えてきて、そうしたら、抱かれているのはなんだかオレみたいに思えてきて、そのうえ、身体まで勝手に熱くなっちゃったりして……。

……オレ、ホントに最近、どうしちゃったんだよ？

「君だって、彼のことを嫌いなわけじゃないんだろう？　だったらいつまでもやせ我慢をさせたり、はぐらかしたままにしたら可哀相《かわいそう》じゃないか。真剣に考えて、そろそろ覚悟を決めてだな……」

「なんだよそれっ！　オレ、ガヴァエッリ・チーフのことなんか、好きでもなんでもないんだっ！　ただの会社の上司としか思ってないもんねっ！」

「それなら、軽い気持ちで彼の部屋に泊まったりしない方がいい。それじゃあまりにもアントニオが……」

ジョンは言いかけてから、ふと視線を上げて言葉を切る。

ヤバい、という顔をして、わざとらしく窓の外の夜景に目を移し、

「……ああ、もう少し晴れていれば、新宿の副都心まで見えるんだけど。残念だね！」

「はあ？」

ワケが解らず聞き返したオレは、

「ユウタロ」

背後から聞こえた低い声に、飛び上がる。

……しまった！　ガヴァエッリ・チーフに聞かれちゃった？

オレは慌てて立ち上がり、目を上げられないままガヴァエッリ・チーフに手を差し出して、

「オ、オレ、先に部屋に帰るよっ！　鍵《かぎ》かしてっ！」

なにも言わずに差し出してくれた鍵をひったくるようにして、オレはバーラウンジを飛び出した。

……ああ、なんだってあんなことを言った時に、ちょうど来ちゃうんだよ？

なぜだか胸が痛んで、泣いてしまいそうになる。

……しかも！

……どうしてオレ、そのことでこんなに悲しくなっちゃうわけ？

ANTONIO・1

「……ふられてしまった」

私はソファに座り込みながら言い、それから深くため息をつく。

さっきまで悠太郎《ゆうたろう》がいたソファには、彼の体温がまだ微かに残っている。

テーブルの上には、彼の飲みかけのラム・コーク。

私と二人の時は、大人ぶってジンをあおったりするくせに。

悠太郎がソファの上に忘れていった住宅情報誌が、私の胸を痛ませる。

……やはり、自分の部屋を探すつもりなのか。

「なあ。おまえ最近、顔色悪いよな。なんだかやつれてないか？」

ジョン・ローレンスが言う。私は、見るともなしにカクテルメニューを見ながら、

「そうか？　そうかもしれない。最近すこし寝不足だから」

「うう、アントニオ・ガヴァエッリがそんなに素直だと、天変地異が起こりそうで怖いぜ」

ジョンは、失礼なことを言って身を震わせる。私は、近寄ってきていたウエイターに、

「私はマティーニ。……この男には水道水でも飲ませてやってくれ」

「なんなんだ、それは！　おれはバーボン・ソーダ！」

ジョンは怒ったように叫ぶ。ウエイターが立ち去ると、声を落として、

「なあ。おれ、ユウタロに聞いてしまった」

「なにをだ？」

「おまえがあんまりユウタロのことを自慢するから、てっきり彼とおまえはうまくいっているのかと思っていた。……おまえたち、セックスしたことないんだって？」

「笑うなら笑え。私は、アメリカ人のそういう詮索《せんさく》好きなところは、どうしても好きになれないな」

「別に笑おうとして言っているんじゃないよ。驚いているんだ。あんな魅力的な子に、一年も手を出さなかったおまえの忍耐力に」

ジョンは、顔に似合わぬ神妙《しんみょう》な声で言う。私は、窓の外を眺めながら、深くため息をついて、

「彼は時々、すさまじく色っぽい。むりやりにでも抱いてしまいたいと思うこともある。しかしそんなことをしたら彼は泣くだろう。彼を泣かせるようなことは、絶対にしないと決めている」

ジョンは、静かな声で、

「……おまえ、あの子のこと、本気で好きなんだな」

私は答えずに、悠太郎が忘れていった雑誌を持って立ち上がる。

「おやすみ。酒を飲むと決意が揺らぐかもしれない。マティーニはおまえが飲んでくれ」

踵《きびす》を返すと、その拍子《ひょうし》に雑誌のページの隙間《すきま》から一通の封筒がヒラリと落ちる。ジョンが、

「それ、フィリップ・ガレのコレクションの招待状なんだ。ショーの後のパーティーで、ヴォー・ル・ヴィコントのジュエリーの展示も見られる。フィリップ・ガレ本人も来日するんだ。よかったらユウタロと二人で来てくれよ」

……フィリップ・ガレ……？

私は、旧友の名前にピクリと反応する。

……フィリップの来るパーティーなら……ニコラ・ガトーも来るに違いない。

私は封筒を拾い上げながら、

「ありがとう。だが、私は遠慮しておくよ。……ユウタロはきっと喜ぶ。会社の同僚でも誘って出かけるだろう。できればおまえも同行して、案内してやってくれないか？」

「それはもちろんいいが……おまえ、ユウタロとのこと……」

ジョンは言って、なんとなく心配そうに私を見上げる。私は自嘲《じちょう》的な声になってしまいながら、

「部屋に帰るよ。色っぽい寝顔を見せつけられて……今夜も眠れない拷問《ごうもん》かな？」

部屋のドアをノックする。開けてくれた悠太郎は、さっきまでのスーツ姿のまま。いつもなら、勝手にシャワーでも浴びていそうなものなのに。

「忘れ物だよ。パーティーの招待状。私は行けないから、アキヤでも誘うといい」

部屋に入って私が差し出すと、悠太郎はなんとなく目をそらすようにして受け取りながら、

「あのさ、ガヴァエッリ・チーフ。オレがこの部屋に泊まりに来るのって……迷惑？」

私は、さっきのジョンと悠太郎の様子を思い出し、

「ユウタロ。ジョンになにか言われたのか？」

悠太郎は少し躊躇《ちゅうちょ》してから、決心したように私の顔をまっすぐに見て、

「オレがここに遊びに来てあなたと一緒のベッドで寝たりするのは残酷なことだって。あなたはきっとオレのことが好きだろうからって。だけど、そんなわけないよね、まさかあなたが……」

「私は君のことがとても好きだよ。愛していると言ってもいいくらいだ」

私は正直に告白する。しかし、悠太郎はとてもつらそうな顔をして、

「またそんなこと言って、オレをからかうんだから。……オレ、今夜は帰る」

私は引き止めようとして時計を見るが……ギリギリで終電には間に合ってしまう時間だ。

「明日の土曜……はパーティーか。明後日《あさって》、暇ができたら、電話してくれ。私はここにいるから」

言うが、悠太郎は小さくうなずいただけで、もう何も言わずに踵を返す。

YUTARO・2

「すみません、僕まで招待していただいちゃって……」

パーティー会場。スーツ姿の晶也が、恐縮しながら言う。

ホテルの宴会場かなんかでひらかれてるのかと思ったら、パーティー会場はなんと某大使館だった。

普段なら絶対に入れないような、気品のあるゴージャスな建物。

広いバンケットルーム。招待客は、タキシードとロングのイヴニングドレスの紳士淑女《しゅくじょ》って感じの人たちばっかり。……しかも皆、超VIPって感じ。

「こんなすごいパーティーなのに、僕たち、タキシードじゃなくて、普通のスーツですし……」

晶也は、周りを見回しながら、ちょっと怯《おび》えてる。その感じが、なんだかすごく可愛い。

「あきやは綺麗なんだからスーツでじゅうぶん。それにパーティーって言ったって、一杯飲んで、ジュエリー見たらすぐ帰るんだし。カンケーないぜ！」

オレが言うと、ジョンは面白そうに笑って、

「あはは、いいなあ、その怖いもの知らずなところ。ますます気に入った」

「気に入ってくれなくていい！　そんなことより、ジュエリーの展示は？」

ジョンは、なんだかすごく残念そうな顔をして、

「こんな美青年を二人も連れて歩けるなんてチャンス、二度とないかもしれない。皆が振り返って見惚れてるじゃないか。もうちょっと見せびらかしたいんだが……」

「オレたちは見せものじゃないぜ！」

すごんで見せると、ジョンは渋々、という感じでオレたちを手招《まね》きして、

「わかった、わかった。展示はこっちの部屋だ。ついてきなさい」


「気をつけて。ケースを揺らすと警報が鳴るから」

防弾ガラスを使った大きなガラスケースが、その部屋には設置されていた。

ライトアップされたそこに展示されているのは、ものすごく綺麗なダイヤを使ったティアラや、エメラルドのネックレスや、サファイヤのバングルや……どれもこれも、見たことのないような大きな宝石を使ったものばかり。デザインもすごいけど、これはまるで鉱物博物館だな。

オレも晶也も言葉を失って、長いこと無言のままで眺めてしまった。

……やっぱり宝石ってすごい。

「こんな美しいものが存在するなんて……この世の奇跡だよ」

横を見ると、晶也も呆然とした顔のまま、うなずいている。

彼の滑《なめ》らかな乳白色の頬に、ダイヤからの反射の光が映って見える。

晶也は魅《み》せられたようにダイヤを見つめていたけれど、オレの視線に気づいてふと目を上げる。

「……悠太郎とジョンさんに、感謝しなきゃ。こんな綺麗なものを見られて幸せだな」

晶也の言葉に、ジョンは首をかしげながら、

「おれには、デカすぎて単なるイミテーションにしか見えないよ。よく光って綺麗ではあるけれど」

「そういう人は、見るだけムダ！　……じゃ、そろそろ帰るか、あきや」

「うん。そろそろ失礼したほうがいいかもね」

オレと晶也は言いながらケースを離れ、部屋のドアの方に向かう。ジョンが慌てた声で、

「あれっ、もう帰っちゃうの？　送ろうか？」

「いい。場所わかるもん。タクシーと電車で帰れるよ。それじゃ……」

言いかけてノブを握ろうとしたところで、ドアがいきなり外側に開いた。驚いてるオレに、

「ああ……失礼」

ちょっと酔《よ》っ払《ぱら》ってるように頬を染めた金髪の青年が、英語で謝《あやま》る。

彼は、オレよりも少し背が高かった。スレンダーな身体《からだ》をタキシードに包んだ、すごい美形だ。その、ちょっと子供っぽさの残る端整な顔は……どこかで見覚えが……。

「あなたも、ダイヤを見に来たの？」

英語で聞くと、彼はその綺麗な形の唇に、なんだか皮肉な笑みを浮かべて、

「本当は、ダイヤなんかに興味はないんだ。でも、昔つきあってた人が宝石屋でね。ここに来れば、その人に会えるような気がして……」

「ふうん？　……ええと……ああっ！」

オレは思わず声を上げた。彼をどうして知っていたのか、やっと解ったんだ。

「あなた、モデルのニコラ・ガトーだろ？　フィリップ・ガレの広告グラビアで見たことあるよ！」

「……それはどうも」

ニコラはこういう言葉には慣れているのか、あっさりと受け流し、それからふと視線を上げて、なんだかすごく驚いたような顔をする。

「ジョン？　ジョン・ローレンスじゃない！」

……モデルのニコラ・ガトーと、ジョンが、知り合い？

……まあ、ジョンはお金持ちみたいだし、モデルなんてパーティーとかによく顔を出しそ

うだし、不思議じゃないのか……？

さっさと退散するいいきっかけかな、と思いながら振り向くと、ジョンはなぜだかものすごく困ったような顔をしていた。あとずさるようにしながら、

「まさかこんなところで会うなんて。あ、ユウタロ、アキヤ、気をつけて帰って……」

「……ジョン！」

ニコラは、なんだかすごく真剣な顔になって、

「ねえ、アントニオの居場所を知ってるでしょう？　教えてくれない？」

アントニオ、という響きに、オレの心臓はドキンと跳ね上がる。

……ああ、彼のことが気になってるからって、なにを驚いちゃってるんだろう？

……アントニオなんて名前の人間は世界中にいくらでもいる。だって、まさか……。

「……ア、アントニオ？　ええと……」

狼狽《ろうばい》するジョンに、ニコラは苛立《いらだ》ったような声で、

「とぼけないで！　アントニオ・ガヴァエッリだよ！　彼に会いたいんだよ！」

その言葉に、オレは失神しそうなほど驚いた。

……モデルのニコラ・ガトーと、ガヴァエッリ・チーフが、知り合い……？

ジョンは、後ろめたそうな顔でオレをチラリと見て、

「アントニオは、日本にはいない。それに彼とは、もうずっと連絡を取ってないし……」

ジョンの言葉に、オレはまた驚いてしまう。

……なんで？　なんで、嘘《うそ》なんかつくわけ……？

「嘘つかないで！　あなたとアントニオは、最近仲良くしてるって噂を聞いたよ！　連絡くらい取れるでしょう？」

ニコラが、怒った声で叫ぶ。さすがモデル。こんなに怒っても、彼はやっぱりすごい美青年だ。

「いや、その……」

口ごもるジョンの代わりに、オレは、

「アントニオ・ガヴァエッリに、なんの用？　急ぎの伝言なら、オレが伝えてあげようか？」

言うと、ニコラが驚いたようにオレを振り返る。

「君、アントニオのこと知ってるの……？」

言ってオレの顔をじっと見つめ、なんだかハッとしたような顔をして、

「もしかして君、アントニオの今の恋人？」

オレが驚いて言葉をなくしていると、彼はオレの頭のてっぺんから靴の先までジロジロと眺めまわして、

「ふうん。アントニオって相変らず趣味がいいな」

オレは、その不躾《ぶしつけ》な視線にムッとしながら、

「それって、どういうこと？　それよか、あなたこそガヴァエッリ・チーフの何？」

ニコラはその美しい顔に、ビジネスっぽいグラビアスマイルを浮かべ、

「僕、ニコラ・ガトー。フランス人、アントニオがフランスにいた頃の恋人だよ」

隣で、晶也が息を呑《の》むのが聞こえる。オレは、その言葉の意味が理解できずに、呆然とする。

「ニコラ！」

ジョンが、怒った声で彼の名前を呼んで、

「君とアントニオは、もうずっと昔に別れたじゃないか！　それに君はフィリップ・ガレの恋人としてうまくやっていたんだろう？　そっちはどうした？」

「彼とは別れた！　僕はアントニオに会いたいんだ！　アントニオの居場所を教えてよ！」

「ニコラ！　君、酔ってるだろう！」

叱《しか》るように言うジョンを無視して、ニコラはオレの顔を見つめ、

「……ねえ、僕は自己紹介したよ。君の名前は？」

オレは彼を睨《にら》みながら、

「オレの名前は森《もり》悠太郎。ジュエリーデザイナーで、アントニオ・ガヴァエッリの部下だ」

「さっき、急ぎの伝言なら伝えてやるって言ったよね？」

「……内容にもよるけど」

オレが渋々言うと、ニコラは少し苦しげに笑って、

「アントニオと一緒に住んでいたパリのアパルトマン。同じ建物内の隣の部屋を手に入れたんだ。僕のことを思い出したらいつでも来てくれ、そう伝えてよ」

その言葉に、オレはその場に凍《こお》り付いた。

……一緒に住んでいた？

……ガヴァエッリ・チーフと、彼が？

「ニコラ！　いい加減にしないか！　今夜の君は、飲みすぎだ！」

ジョンが、あきれた声で叫ぶ。オレと晶也の方を見て、

「今日は来てくれてありがとう。送れなくて悪いけど、酔っ払ったニコラをこのままにして置いてはいけないし……」

なんだかすごく残念そうな声で言う。晶也が、

「いえ、こちらこそ、ありがとうございました。僕たち、これで……」

言いながらドアノブに手をかけたところで、ニコラが、

「ユウタロウ！」

オレが振り向くと、彼は、ふっと笑って、

「君は多分、今の伝言を伝えてくれないんだろうな」

ホントはショックで座り込みそうになっていたオレは、ムリヤリ力を振り絞《しぼ》って彼を睨み、

「そんなの伝えるわけないじゃん！　オレ、おまえのこと気に入らないもん！」

「まあ、いいや。彼が日本支社にいることはわかったんだ。オフィスに手紙を出させてもらうよ」

ニコラは、絶句してしまったオレを見つめ、

「それって困る？　彼が僕と浮気するんじゃないかとか、心配？」

心臓が、ズキリと痛む。オレは、その痛みに負けないように顔を上げ、

「関係ないよ！　手紙くらい勝手に出せばいいだろ？　オレ、そんなの全然気にしないから！」

叫んで、ドアを開ける。

「あきや、帰ろう！」

なんだか自分の方が落ち込んだ顔をしてしまっている晶也の腕を取って、部屋の外へ出る。

パーティー会場を見下ろせる回廊を歩いて、出口に続く階段の上で立ち止まる。

オレは、やっと晶也の顔を見て、

「……なんか、変なヤツに会っちゃったな！　別にオレは気にしてないけどっ！」

晶也は、すごく心配してくれているような顔で、

「ねえ、悠太郎。今のことであんまりショックとか受けちゃダメだよ。ガヴァエッリ・チー

フはあんなにハンサムだし、あの年齢で誰とも付き合ったことがなかったって方が不自然だよ」

「なんだよ、それ！　なんでオレがガヴァエッリ・チーフのことでショック受けるわけ？」

オレは、昨夜のことを思い出し、少し悲しい気持ちになりながら呟く。

「……だって、彼とオレは、単なる上司と部下なんだぜ？」

ANTONIO・2

その週末、悠太郎からの連絡はなかった。

月曜日、出社してからも、悠太郎は私と目を合わせようとはしなかった。

……私は、本当に嫌われてしまっているようだな。

呆然と考えながら、未決の書類箱の上に置かれた郵便物を取る。

どうせ仕事関係の郵便物だけだろう、と思いながら適当に選《よ》り分けていた私の目に……。

社名入りのビジネス封筒ばかりの郵便物の中に、一通だけ上等の封筒が混ざっている。

どこかで見たような宛名《あてな》の字。私は不思議に思いながら封筒を裏返し……。

……ニコラ……！　どうしてここが……？

私は封を開けて手紙を読み、読み終えてから引き出しにしまい、それからため息をつく。

「ガヴァエッリ・チーフ！　ぼんやりしていると会議に遅れますよ！」

書類ファイルを抱えた雅樹《まさき》に呼ばれ、我に返る。慌ててそのへんにあったファイルを掴む
が、「会議の資料は、それではなくてこれです。まったく。俺はあなたの秘書じゃないんで

すよ？」

雅樹にファイルを渡されて、私はため息をつきながら立ち上がる。

「あなたがそう静かだと、東京に隕石《いんせき》でも降りそうで非常に怖いです」

長い会議の後。デザイナー室への廊下を歩きながら、雅樹が言う。私が無言のままでいると、

「……どうかしましたか？」

「……別になにも」

私が答えると、彼はため息をつき、

「なにかあったんですか？　土曜日のパーティー以来、晶也の様子も変なんです。なにか気になることが起きたらしいんですが、問いつめても口を割ろうとしない」

「パーティーで？」

私の心に、微《かす》かな不安が過《よ》ぎる。

もしかしたら、いきなりニコラから手紙が来たことと、なにか関係が……？

……いや、まさか、そんな偶然があるわけがない。

「マサキ」

「……はい？」

「おまえがアキヤに恋をして、告白したが断られて、苦しんでいた時期があっただろう」

晶也はもともとゲイではなかったし、それでなくても未経験という純情な青年だった。雅樹は晶也を愛するあまりに暴走してキスをしてしまい、晶也にこっぴどく拒絶された。その後、二人は結ばれることができて、今のような激甘カップルになったのだが……。

「おまえの落ち込みようは、見ているこっちがつらくなるほどだった。だが、あの頃の私は恋というのがどんなものか、まだよく理解していなかったようだ」

私は深くため息をついて、

「……あの時のおまえの気持ちが、今はよくわかる」

「……アントニオ。悠太郎と、なにかあったんですか？」

雅樹が、静かな声で聞いてくる。私は、自嘲的に笑って、

「なにもない。あれだけ一緒にいながら、なにもなかった。このアントニオ・ガヴァエッリともあろうものが、彼を前にしたら、押し倒すどころかキス一つできなかった」

「そういう気持ちを、本気の恋と言うんじゃないですか？」

「そうだったのかもしれないな。しかし、もう終わったことだよ」

私は、痛む心臓に耐え切れずに深いため息をつく。

……ああ、こんなに落ち込んでいる時に、わざわざフランスまで行かなければならないなんて……。

YUTARO・3

「今夜から五日間、私は出張だ。パリ支社に行って、それからローマの本社にも寄ってくる」

会議から帰って来たガヴァエッツリ・チーフが、デザイナー室に入って来ながら言う。

……パリ……？

オレはその言葉に、凍り付いた。

「やったー！　久々のフランス出張ですね！　そしてパリと言えば買い物ですよね！」

「あのあの！　お金渡しますからまた化粧品頼んでいいですか？　あとスカーフとー……！」

長谷《はせ》さんと野川《のがわ》さんがすかさず叫んでる。ガヴァエッツリ・チーフが、疲れたような声で、

「勘弁してくれ。今回はスケジュールがつまっているし」

今朝、事務サービスの女の子が持ってきた郵便物の束《たば》に、高そうな上等の封筒が混ざっていた。

彼女がそばを通った時、その封筒の差出人のところにフランス語で書いてあるのが見えてしまった。

『Nicolas《ニコラ》 Gateau《ガトー》』

ジョンは、ガヴァエッツリ・チーフとニコラ・ガトーは、とっくに別れたって言ってた。オレは、ガヴァエッツリ・チーフがその封筒を開けずに捨ててくれるのを、胸の中で願ってしまった。

でも、それを受け取ったガヴァエッツリ・チーフは迷わずにすぐ封を開け、しっかりと手紙を読んだ。そして……。

オレの脳裏に、ニコラの声が甦《よみがえ》る。

『一緒に住んでいたパリのアパルトマン。僕のことを思い出したらいつでも来てくれ、そう伝えてよ』

……彼は、ニコラ・ガトーに会いに、パリに行くんだ……。

そう思ったら、オレはどうしようもなくなって、思わず席を立つ。

そのまま早足で、デザイナー室を出る。

……朝、手紙をもらって、夜にはもうパリに向かうのかよ！　なんだよ、それ……！

オレは、ガヴァエッツリのビルの屋上にいた。

お昼休みなんかは事務サービスの女の子たちに占領されてるから、ここにはあんまり来ない。

でも、就業時間中ならオレみたいにサボらない限り誰も来ないから、一人になれるんだ。

……昔の男にそんなに未練があるなら、最初からオレになんか優しくするなよ……！

心の中で叫びながら、フェンスの金網を拳《こぶし》で何度も殴る。

……あんまり優しかったから、本気にしそうになっちゃったじゃないか……！

むちゃくちゃに金網を殴っていたら、どこかの金具に引っかけたみたいで、拳に鋭い痛みが走る。

「……い、た……」

見てみると、中指の第二関節のあたりが三センチほど薄く切れて、微かに血が滲《にじ》んできている。

……ちっくしょーっ……！

オレはフェンスに寄りかかり、そのままコンクリートの上にずるずると座り込む。

「……アントニオ・ガヴァエッリの、ばかやろう……！」

切ったといってもたいした傷じゃない。そんなに痛くもない。

だけどなぜか視界がジワリと曇《くも》って、オレの頬を涙が流れ落ちる。

オレの脳裏を、初めて彼のグラビアを見た、まだ学生だったあの日のことが過《よ》ぎる。

それから、去年の六月、初めて彼と会った日。

それに去年のクリスマスイヴ。晶也と黒川チーフのエッチを見ちゃって、ショックで泣いちゃったオレを、意外なほど優しく抱きしめてくれた彼の腕。

『一緒に住もう』『大事にするよ』と囁いた時の、彼の真剣な低い声。

「……本気にしそうになっちゃったじゃないか……！」

オレは呟《つぶや》き、膝《ひざ》を抱きしめて泣き続けた。


「……悠太郎。本当にいいの……？」

晶也が、夕方から何十回も言っている言葉を繰り返し、心配そうにオレの顔を覗きこむ。

会社が終わって、珍しく黒川チーフのところに行かなかった晶也は、オレのマンションにいた。

「いいのって？　なにが？」

スーツを脱いで普段着の綿シャツとジーンズに着替え終わったオレは、平静な声を心がけながら聞く。スーツ姿のままベッドに座っていた晶也は、悲しそうな顔で壁の時計を見て、

「ガヴァエッリ・チーフ、フランスに行っちゃったよ？　もう七時だから、飛行機は出ちゃったよ？」

「いいんじゃない？　フランス行こうが、昔の男とよりを戻そうが、オレには全然関係ないし」

がんばって平気な様子を装《よそお》うけど、晶也の目をまっすぐ見返すことができない。

晶也は、なんだか自分の方がつらそうなため息をついて、

「あのね、悠太郎。僕、さっき見ちゃった」

「見た？　見たってなにを？」

「悠太郎が、屋上で泣きまくってるとこ」

「うっ！」

オレは、慌てて笑って、

「違うよ！　仕事に飽きたから、フェンス相手にスパーリングしてて、そしたら金具で指切っちゃって、それが痛いのなんのって……」

「……僕、ずっと思ってたんだけど」

晶也がオレの言葉をさえぎり、真剣な声で言う。

「悠太郎って、人一倍傷つきやすくて繊細《せんさい》なんだと思う。だけど優しいから、自分のことよりも人のことに気を使って、そういうとこ必死で隠してるんだ」

「なに言ってんの？　それはおまえじゃん。オレはそんなんじゃなくて……」

「……悠太郎には、ガヴァエッツリ・チーフみたいな強い人が必要なんだと思う」

オレは、その言葉にとても動揺してしまう。慌てて、笑いながら、

「なんだよ、それ？　オレはゲイじゃないし、それに彼のことなんか好きじゃないよ！　ガヴァエッリ・チーフは単なる上司で……」

「またそんなこと言って！」

晶也は、とても怒ったようにオレを睨んで、

「じゃあ、さっき、なんであんなに怒ってたの？　なんであんなに泣いてたの？」

晶也の目は、なんだか自分の方が泣いてしまいそうなほど真剣だった。

「単なる上司ってことは、彼が誰と付き合おうが関係ないってことだよ？　ニコラ・ガトーとガヴァエッリ・チーフが付き合い出したとしたら、きっと毎週、今朝みたいな手紙が来るよ？」

……晶也も、今朝とどいていたあの手紙に気づいてたんだ……。

「ニコラ・ガトーが日本に来た時は、仕事中に電話が入る。その日のガヴァエッリ・チーフは、ずっとそわそわしていて、終業のベルが鳴ったとたんに会社を飛び出していく」

怒ったように言いつのる晶也の言葉に、オレの心がズキリと痛む。

「ホテルにだって恋人がいつ来るかわからないから、もう行けなくなる。もう悠太郎と一緒にいる時間なんてなくなるんだよ。そして週末には、彼はリッチだから毎週のようにパリまで行く」

……彼と一緒の、あの時間が、過ごせなくなる……？

「ガヴァエッリ・チーフは、ニコラ・ガトーのアパルトマンを訪ねていくんだ。恋人同士なんだから抱き合ったりするだろうし、キスだってするだろうし、もちろんセッ……」

「やめろっ！」

オレは思わず叫んだ。考えただけで血の気《け》が引いていくような気がする。

……ガヴァエッリ・チーフが、ほかの男と……。

眠れなかった夜、冗談を言いながらも優しく抱きしめてくれた、彼のあたたかい腕を思い出す。

最初はレモン、それから少しだけジンみたいな森林の香りが混ざる、セクシーな彼のコロン。

見つめるだけで、オレの心の奥のなにかを熔《と》かしてしまうような、美しい黒い瞳。

低くて、心臓を直接ふるわせるような、その声。

オレに、『大切にするよ』と優しく囁いた、あの……、

「……いやだ。彼が、別の男と、そんな……」

オレの唇から、かすれた声が漏《も》れた。晶也は、オレの目をまっすぐに覗き込みながら、

「でも、ただの上司ってことは、そういうことだよ？」

「……いやだ、そんなの、オレ……」

オレは、なんだかまた泣きそうになってしまう。晶也は厳《きび》しい声で、

「それって、ただ『遊んでもらえなくなったらつまらない』っていう独占欲みたいなもの？」

「そんなんじゃない！　そんなんだったら、オレだって苦しまないよ！」

オレは思わず叫ぶ。

「オレ、彼の隣で寝てると、抱かれる夢とか見る！　普段は普通に話したりできるんだけど、時々どうしていいかわからないほどドキドキする！　彼の心がほかの男に向くことを考えるだけで、つらくて死にそうになる！　オレ、その気持ちをなんて呼んでいいのかわかんないんだよっ！」

いきなり涙が零《こぼ》れて、オレは慌てて袖《そで》で拭《ぬぐ》う。

……だから、なんでこんなに泣けてくるんだよっ……？

「悠太郎。……そういう気持ちを、恋って言うんだよ」

静かで優しい声に、オレは顔を上げる。

「悠太郎は、アントニオ・ガヴァエッリを愛してる。……違う？」

涙で滲んで見えている晶也は、初めて会った学生の頃より、もっともっと綺麗になっていて、そしてあの頃とは比べ物にならないくらいに……大人になった目をしている。

オレはずっと、晶也は可愛くて、少し頼りなくて……とばかり思っていたけど……彼の方

が、オレなんかよりずっと早く大人になっていたのかもしれない。

「……あきや……でも……」

オレは、ずっとずっと心の中に引っかかっていたことを、勇気を出して口にする。

「……彼は、すごいハンサムで、有名なジュエリーデザイナーで、オレたちの会社の副社長で、しかもイタリアの大富豪の御曹司《おんぞうし》だ。それに比べてオレなんか全くの庶民だし……いくら好きになったって、そんなの言えるわけなくて……」

晶也はその言葉に、それは違うよ、というようにかぶりを振り、小さくため息をついて、

「悠太郎は気づいてないかもしれないけど、僕と悠太郎はけっこう似てると思うんだ。ルックスとかじゃなくて、考え方とか、性格の根本的なところとか」

オレは、少し呆然としながら、その言葉を聞いていた。……オレと晶也が、似てる……？

「だからね、悠太郎は本当の恋をしてもきっとすぐには素直になれないんじゃないかな、と思ってた。僕もそうだったし。そのせいで、悠太郎にはたくさん心配をかけちゃったし」

晶也は、昔のことを思い出すようにクスリと笑う。

「ねえ、悠太郎。僕が雅樹のことを愛してるって気づいて、でも素直に言えなくて、泣いてた夜のこと、覚えてる？」

そう。あの夜の晶也はオレの前で悲しそうにポロポロ涙を流して、『彼が好きなんだ』って言って……。

「覚えてるよ。オレ、大好きなあきやが誰かのものになるなんて悔しかった。でもおまえがあんまりつらそうに泣くから……」

晶也は、その顔に綺麗な笑みを浮かべて、

「あの時、悠太郎は僕に自転車を貸してくれた。『男ならグチャグチャ言わないで行ってこい！　ダメだってわかってから泣け！』って叱り付けて、迷ってる僕の背中を押してくれた。悠太郎があああしてくれなかったら、僕と雅樹の関係はずっとあのまま平行線だったかもしれない」

晶也は、その綺麗な顔に天使みたいな笑みを浮かべて、

「だから、悠太郎が本当の恋に堕ちた時には、僕、言ってやろうってずっと思ってたんだよ」

「い、言ってやろうって……なにを？」

オレは呆然としながら言う。晶也は、スーッと息を吸いこんで、

「男ならグチャグチャ言わないで行ってこいっ！　ダメだってわかってから泣けっ！」

オレが硬直してる間に、晶也はクロゼットを開け、旅行用の小型トランクを引っぱり出す。しょっちゅう泊まってってタンスの中身まで知ってる強みで、その中に服をどんどん詰めていく。最後に、オレのお気に入りのスーツとネクタイ、それにYシャツを乗せ、パタンと蓋《ふた》を閉める。

「まって、おまえ、なにを……」

「フランスまで追っかけて行きなよ！　そしてガヴァエッリ・チーフに『あなたのことが好きだ』ってちゃんと告白するんだよ！」

オレの心臓が、ドクンと跳ね上がる。

……彼に……『あなたのことが好きだ』って言う……？

オレは、そう考えただけで真っ赤になってしまいながら、

「ま、待ってくれよ。だってそんなお金ないし、彼がパリのどこにいるかもわからないし……」

「いいからっ！　パスポート出して！　どこ？」

叱るような口調で言われて、オレは慌ててデスクの小物入れからパスポートを出す。

晶也は、最後に革ジャンをクロゼットから出して投げる。受けとったオレに笑いかけて、

「飛行機のチケットは、雅樹のおごり。実は彼も心配して、車で下まで来てる。空港まで送るよ」

優しい声に、なんだかまた泣けてくる。

ANTONIO・3

「……信じられない！　マサキめ、なぜ直行便のチケットを用意してくれなかったんだ？」

私は、不機嫌に呟く。

雨粒の流れるリムジンの窓。外には、まだ夜明け前のパリの街が広がっている。

空は私の心のように暗い雲に覆われ、強い雨が石でできた街並みの上に降り注いでいる。

いつも知らぬふりをしている雅樹が、今回はなぜか飛行機のチケットを手早く用意してくれた。しかし乗ってみたら、それはなぜかモスクワ経由の飛行機だった。そのせいで、乗り継ぎ時間も含めれば五時間も時間をロスしてしまった。父親が、ご丁寧《ていねい》にリムジンをシャルル・ド・ゴール空港まで差し向けてくれていたが、運転手を長いこと待たせることになった。

「悪かったね。五時間もあんなところで。私なら、一人でタクシーを拾ってホテルに行ったのに」

フランス語で言うと、運転手の彼は鹿爪《しかつめ》らしい口調で、

「あなたはヨーロッパでは要人《VIP》待遇です。一人で出歩くのはご遠慮ください。それに……」

制服の肩を少しすくめて、

「……あなたの飛行機が遅れる、という連絡は本社の方からいただいていましたから」

……雅樹め、あとで気づいて本社に連絡を入れたな。

……まったく。私のことは平気でモスクワ経由にさせるくせに。

リムジンは、コンコルド広場に入り、オテル・ド・クリヨンの前に停車する。

このホテルは元々は宮殿だった。今ではフランスの重要文化財になっている壮麗な建物だ。

運転手は車の外に素早く出、外側からドアを開けながら私に傘を差しかけて、

「午後の一時にお迎えに上がります。ゆっくりお休みください」

「わかった。君も忙しいことだね」

私が言うと、彼はマジメな顔のまま、それも仕事です、と言って少しだけ眉を上げてみせる。

運転手からボストンバッグを受け取ったドアマンが、夜明け前にもかかわらず、笑顔で、

「ようこそ。お待ちしていました、アントニオ・ガヴァエッリ様」

「……やあ、久しぶりだね、ブリアン」

エントランスの回転ドアを抜けると、重厚な内装のロビー。

そこにはコンシェルジュのカウンターだけでなく、レセプション用のデスクもあり、宿泊客はそこに座ってチェック・インをすることができる。

私がデスクに座り、チェック・インの手続きを終えるころに、見覚えのある紺に金の縁取りのあるコンシェルジュの制服を着た男が近づいてくる。彼は流暢なイタリア語で、

「アントニオ・ガヴァエッリ様。お待ちしておりました」

「……やあ、ティザネか。久しぶり。元気そうだね」

本社から何かメッセージでも入ったのかな？　と思った私に、彼は、

「一時間前からお客様がお待ちです。カフェがまだ開きませんので……あちらのサロンの方で」

ロビーの右手にあるサロンを示す。私は驚いて、

「お客？　こんな夜明け前に？」

言ってから、あることに思い当たる。

……まさか、ニコラか？　たしかにここに泊まると電話は入れたが、だからといって……。

首を回して硬くなった筋肉をほぐしながら、コンシェルジュの後ろについて歩く。

……散々飛行機に乗らされて、こんなに疲れているというのに、まったくなんという……。

「あちらです。余計なことかと思いましたが、濡れていらしたので……」

コンシェルジュは少し心配そうに言って、素早く踵を返す。私はため息をつきながら目を上げて……。

「……ユ……」

十八世紀風のインテリアで統一されたサロン。そのシャンデリアの光の下にいたのは……。

引き締まった身体を包む、色褪《あ》せたGパンと綿のシャツ。放り出された革のジャンパー。

コンシェルジュが気を使って貸したのか、ホテルのマーク入りのタオルが肩を包んでいる。

彼の前のテーブルには、飲み干された後の、ロシアンティーの入っていたらしきホットグラス。

アンティークの椅子《いす》に深く腰掛け、疲れて眠っているのか、膝の上に肘《ひじ》をのせ、両手で顔を覆ったまま動かない。

艶《つや》のある黒い髪、襟元から覗くすんなりしたうなじ、少し細目だがしっかりとした美しい両手。

世界中のどんなに高価な宝石よりも、ずっとずっと私の目には貴重に思える、彼は……。

「……ユウタロ……」

私は、呆然と呟く。

……彼が、パリにいるわけがない。私は、夢を見ているんだろうか……？

……それとも、彼を愛《いと》しく思うあまりに、おかしくなってしまったんだろうか……？

「……ガヴァエッリ・チーフ……」

小さく呟く声が聞こえる。彼は、眠ってなどいなかった証拠に、ゆっくりと顔を上げる。

「……ユウタロ……」

普段の彼は、いつもどこか強がるような、斜《しゃ》に構えるような表情をしている。彼の端整な顔立ちと、胸が痛くなるような強い目線に、その表情はとてもよく似合っている。

……しかし、今の彼は……。

泣きはらしたように微かに染まった目のまわり、悲しげに潤《うる》んだ目、噛み締めた唇。

……愛している……。

私は、心から思った。

……この美しい青年を、私は本当に愛している……。

「……あなたに言わなきゃならないことがある……」

彼は、つらそうなかすれ声で言う。私は彼の前にひざまずき、

「おいで。部屋に行こう。シャワーを浴びてあたたまらないと、風邪をひいてしまう」

「……オレ……もうあなたの部屋には行けないよ……」

彼は、なぜだかとても苦しげに言う。私はその言葉に青ざめながら思う。

……彼は……私に別れを告げに来たのか……？

「……オレ、あなたのこと、愛してるんだ……」

あまりにも意外な言葉と微かな声に、私はすんでのところでそれを聞き逃すところだった。

頭の中でその響きを反芻《はんすう》し、耳を疑い、それから折るような気持ちで、

「……いま、なんて……？」

「……オレ、あなたのこと愛してるんだ。だから、部屋に行ったら……」

彼はふいに頬を染め、とてもつらそうな声で、

「……部屋に行ったら、抱かれたくなるかもしれないよ……」

私は、本格的に自分の耳を疑った。

……私は……本当におかしくなってしまったのだろうか……？

「パーティーで、あなたの昔の恋人に会った。彼は、あなたに手紙を書くって言ってた。あなたは彼をまだ愛してて、だから、手紙を読んですぐにパリに飛んできたんだろうし……」

悠太郎は泣きだしそうに眉をひそめ、その顔をまた両手の中に埋《うず》めて、

「……オレ、こんなこと言ってもムダだろうってわかってる。だけどあなたがほかの男を抱きしめること考えたら、どうしようもなくて……だからダメだろうが何だろうが言わなきゃって……」

彼は、その肩を微かに震わせながら、

「……あなたのこと愛してる。だから、ただの部下じゃなくて、恋人になりたいんだ……」

私は心の中で何度もその言葉を確かめ、それから目を閉じて、神に感謝した。

「……ガヴァエッツリ・チーフ……オレ……」

悠太郎は、小さくしゃくりあげながら、

「……一緒に住みたい。エッチなこともしたい。あなたの恋人になりたいんだよ……」

いとる。

「ユウタロ」

私は手を伸ばし、顔を覆った彼の手にそっと触れる。彼は驚いたように顔を上げる。長いまつげに涙の粒が宿っている。まばたきの拍子に零れたそれを、私は指でそっとすくいとる。

「ユウタロ。愛しているよ。ずっと前から言っているじゃないか」

言うと、悠太郎はその美しい目を驚いたように見開いて、

「……えっ？　オレ、冗談だとずっと……だってあなたって、いつもふざけてるんだもん」

私は、気が遠くなりそうになりながら深くため息をついて、

「なにが冗談だ。私はずっと前から本気だよ。……ユウタロ」

私は、ひんやりと滑らかな彼の手を取る。

「……愛している。一緒に住もう。セックスもしよう。私の恋人になってくれないか？」

その顔を覗きこみながら言うと、悠太郎は身体をピクンと震わせて、頬を恥ずかしげに染めて、

「……それなら……このまま部屋まで連れてってよ」

「いいよ。……そのかわり、覚悟はできているね？」

私は言って、彼のトランクと革ジャンを拾い上げる。悠太郎はうなずいてから、ふと頬を染めて、

「うん……だけどオレ、パリまで来て……何てこと言っちゃったんだろ」

私は、幸せな気分で笑ってしまいながら、

「ここがパリで、本当によかった。君のこんなに色っぽい言葉を、ほかの男に聞かせたくないからね」

妙に緊張してしまいながら、私はサロンを出て部屋へ向かう。

広々としたスイートは、政府要人も好んで利用する部屋らしい、重厚な雰囲気の内装だ。

部屋に入ってすぐ、私は冷え切っていた悠太郎をバスルームに追いやった。

長いこと風呂に入り、上気した頬になってバスルームから出てきた悠太郎は、しどけないバスローブの着方をしていた。覗いた胸元のあまりの色っぽさに、私は思わず襲いかかりそうになり……精神力でやっとのことで思いとどまった。……まったく。私には口うるさく言うくせに。

窓からは、夜明けのコンコルド広場。雨はやみ、雲の隙間からの光に石畳が煌《きらめ》いている。

悠太郎の後にシャワーを浴びた私は、それを横目で眺めてリビングを抜け、悠太郎がいるはずのベッドルームのドアをノックする。……返事はない。

……彼は、初めてで怖がっている。いくら色っぽいからといって暴走してはいけない。きちんと手順を踏んで、一生忘れられないくらい優しくしてあげて……。

自分に言い聞かせ、深呼吸をして、ドアをそっと開く。

ベッドルームは、ベージュの絨毯《じゅうたん》が敷き詰められ、金で装飾された壁を持つ落ち着いた部屋だ。

インテリアはやはりアンティーク。キングサイズのベッドのヘッドボードは、部屋に置かれた肱掛《ひじかけ》椅子と同じ、精緻《せいち》な金の装飾に囲まれた黒のヴェルヴェット張りだ。

少しだけ開かれたカーテン。その隙間からの光で、部屋の中は僅《わず》かに明るい。

その薄明かりの中、バスローブのままの悠太郎が、うつぶせにベッドに横たわっている。

私はゆっくりと近づき、彼の身体の脇にそっと腰を下ろす。

「……ユウタロ……愛しているよ……」

悠太郎は、恥じらいながら答えを返す……かわりに、安らかな寝息で答えてくれた。

……こんなことなら、さっさとさっき押し倒しておくべきだったかな……？

「……うう、ん……」

悠太郎が微かに呻き、ゆっくりとあおむきに寝返りを打って、

「……ガヴァエッリ・チーフ、の、バカ……」

寝言で呟く。私は苦笑して立ち上がり、クロゼットから出した予備の毛布で身体を覆ってやる。

「はいはい。……どうせ私は、こうやって一年も待ってしまった大ばかだよ……」

言うと、悠太郎は身じろぎをし、とても色っぽい声で、んん、と喘いで、

「……ダメ……そんなところ……」

私は理性に自信がなくなりそうになりながら、彼の額にそっと口づける。

「まったく。夢の中でだけは、君は大胆なんだから」

美しく安らかな彼の寝顔を見下ろしながら、私は深い深いため息をついて、

「……夢の中の私に、嫉妬《しっと》してしまうよ」

YUTARO・4

「……オレ、やっぱり会いたくないよ」

パリの街をガヴァエッリ・チーフに肩を抱かれるようにして歩きながら、オレはまだ抵抗する。

オレと彼は、手紙をくれたニコラ・ガトーとの待ち合わせの場所のカフェに向かっていた。

……いつかは対決しなきゃならないとはいえ……あんな美形と戦うのは気が進まない……。

ガヴァエッリ・チーフは、午後から仕事のためにガヴァエッリのパリ支社に顔を出し、ものすごい勢いで仕事を済ませてほんの数時間でホテルに帰ってきた。

オレは、『部屋に行ったら抱かれたくなるかも』なんてことを言っておきながら、旅の疲れと、彼に気持ちを受け入れてもらえたという圧倒的な安心感で……爆睡してしまった。

……夢の中でだけは……しっかりエッチなことまでしちゃってたんだけど……。

思い出すと赤面してしまう。肩を抱いているあたたかな彼の手を急に意識してしまったオレは、

「離せっ、人が見てるじゃん！　それに待ち合わせはこの先だろ？　あいつに見られたら……」

「人が振り向くのは君が美しいからだ。それに誰に見られても関係ない。……君はもう私の恋人なんだよ、どうしてそんなに恥ずかしがるんだ？　もしかして……」

言ってから、そのハンサムな顔にちょっとイジワルな笑みを浮かべて、

「……私を放りっぱなしにして熟睡している時、エッチな夢でも見た？」

「……うっ！」

図星を指されたオレは、真っ赤になって、

「ば、ばっかやろーっ！　なんであなたはいちいちそういう……」

「……仲良しだねえ。こんな道端でイチャついてくれちゃって！」

イキナリ後ろから聞こえた聞き覚えのある声の英語に、オレは硬直する。

……この声は……。

おそるおそる振り向くと、そこにはあの金髪のものすごい美青年モデル、ニコラ・ガトーが立っていた。だけど、オレと対決するはずの彼は、なぜか一人じゃなくて……。

彼の後ろには、雑誌のグラビアや業界新聞で何度も見たことのある男性が立っていた。

「……フィリップ・ガレ……うわ……ホンモノ……」

……だけど、この間、ジョンは彼とニコラ・ガトーは別れたって……、

「ああ、君がユウタロウくん？　ボンジュール！　サヴァ？　パリへようこそ！」

オレが呆然としている間に、フィリップ・ガレはにっこり笑ってオレの手を優しく握る。

歳は四十歳くらい？　だけど、陽《ひ》に灼《や》けたすごくハンサムな顔と引き締まった体軀《たいく》が若々しい。

その包容力のありそうな笑顔に、オレはちょっと見惚れる。

……グラビアで見る仕事中の厳しい顔とゼンゼン違う。なんだかすごく優しそうな……、

「フィル！」

いきなりニコラ・ガトーが怒った声で叫ぶ。

「握手の時間が長い！　あなたがそんなふうに誰にでも優しく笑うから、僕はっ……！」

言いかけてから真っ赤になって言葉を切り、先に立ってカフェに入って行ってしまう。

「まったく焼きもちやきなんだから……」

フィリップ・ガレがため息をつく。それから、オレにいたずらっぽく笑ってみせて、

「……まあ、そこが可愛いところなんだけどね」

……なにい……？

ガヴァエッリ・チーフが、彼の肩にポンと手を置く。そのセクシーな眉間に、怒りのタテジワ。

「……フィリップ。手を握る時間が長い。私の恋人から、いいかげん手を放してくれない

か？」

　フィリップ・ガレは、渋々といった顔で手を放し、それからオレに向かって小声で、

「……すごい焼きもちやきが、ここにも一人！」

「なにいーっ？　彼とケンカして荒れてただけっ？　しかもなにを言ったかよく覚えてないっ？」

　オレは、カフェ・オ・レのカップをカフェのテーブルに、ドン！　と置き、思わず叫んだ。

　ニコラ・ガトーは、大きなグラスに入ったフランス版イチゴミルク《レ・フレーズとかいうヤツ》を舐《な》めていたけど、

「だってあの時のパーティーで、フィルは女性モデルと仲良く話し込んじゃって！　信じられないよっ！　だから僕、あんまりお酒に強くないんだけどつい飲みすぎちゃってっ！」

　ものすごく怒ったように叫ぶ。

「僕、もう別れてやるって思って！　ケンカになるのも当然だろう？　ね？　ユウタロウ？」

　イキナリ顔を覗きこまれて、オレは言葉につまる。

　……いくら顔が綺麗とはいえ、なんて傍《はた》迷惑なヤツだ……。

「それにアントニオもアントニオだよ！　イタリアにいる時にはよく相談に乗ってくれてた

のに！　いつのまにかいなくなったと思ったら、そのまま音信不通になるし！　だいたい、僕にフィリップを紹介したのはあなただよ？」

「……だからといって、痴話《ちわ》ゲンカをするたびに私に仲裁を頼むのはやめてくれないか？」

エスプレッソを飲んでいたガヴァエッツリ・チーフが、苦り切った顔で言う。

「今回は、パーティーで偶然に会った悠太郎にまでカランでくれて……」

「それは悪かったね。彼は、君がなにか気分を害するようなことを言ってしまったかな？」

赤ワインのグラスを置いたフィリップさんが、オレに向かって心配そうに言う。オレは怒ることもできずに、

「……いえ……ただ、昔、ガヴァエッツリ・チーフと一緒に住んでたことがあるとか……」

「……う……」

ガヴァエッツリ・チーフが、小さく呻いてエスプレッソを吹きそうになっている。オレは、

「それに、今は二人で住んでたアパルトマンにいるからって……だから、ニコラがガヴァエッツリ・チーフとよりを戻そうとして手紙を書いたんだと……」

ニコラは、なんだかきょとんとした顔をしてから、

「まさか！　そりゃ昔はよりを戻したいと思ったこともあったけど、今の僕にはフィルしかいないし。あの手紙には、彼とケンカしたから相談に乗ってくれ、って書いただけだよ？　アントニオが今日来たのは単なる偶然で、別にすぐパリまで飛んで来いなんて書いた覚えも

ないし！」

「パリ支社に出張だと言っただろう。ニコラに会いに来たわけではないよ。仕方がないから二人の相談に乗ってやらなければ、とは思ったけれどね」

ガヴァエッツリ・チーフのその言葉に、オレは失神しそうになる。

……じゃあオレ、超・誤解して、わざわざパリまで飛んできちゃったワケッ……？

「……ユウタロウくん」

フィリップさんに言われて、オレはあることに思い当たって、焦《あせ》る。

……ヤバい！　さっきの二人の同棲《どうせい》の話、この人だってショックだったかも……！

「人には誰にでも過去がある。そのおかげで、今のその人があるんだ。私は二人が一緒に住んでいたことは知っているけれど……ニコラの過去にはこだわっていないよ」

その深みのある声に、オレはうなずきたかったけど……やっぱりフクザツで……、

「だからと言って、昔住んでいたのと同じ、あのアパルトマンに部屋を買うことは……」

ガヴァエッツリ・チーフの言葉に、ニコラは、あ、そんなこと気にしてるの？　って顔で、

「だってあそこ、パリ市内では一番広いんだよ！　だから僕、気に入っちゃってさー！」

お気楽に言って、ガヴァエッツリ・チーフの顔を面白そうに覗きこみ、

「それに、僕とアントニオ、同棲はしたけど、結局エッチはしたことないもんね！」

「……えっ？」

オレは驚いてしまう。ガヴァエッリ・チーフは、なんでそんなことまで白状しなきゃならないんだ！　って顔で眉間にシワを寄せて、

「あの頃は二人とも若かったし……本当に彼を愛しているのかどうか自問自答して、結局は別れようということになった。一緒に住んだのは二週間。私とニコラはキスまでしかしていないよ」

「……二週間？　キスしか？　……オレ、てっきりガヴァエッリ・チーフってすんごい遊び人でいろんな男と同棲して、その間エッチとかしまくっちゃったのかと……！」

「……君は、私をなんだと思ってるんだ……この一年間、私はいったいなんのために……」

ガヴァエッリ・チーフは、手で顔を覆ってため息をつく。ニコラは、可笑《おか》しそうな顔で笑って、

「この人、こんな遊び人みたいな顔して、ホントはけっこうマジメなんだよ！　……ユウタロウ」

ニコラは、ふと真剣な顔になって、

「……君は、人生って楽しいと思ったことある？」

オレは、その唐突《とうとつ》な問いに目を丸くしてから、

「大変な時とかもあるけど、頑張って自分で楽しくしなきゃ。例えば仕事とかだって、楽しいことするために働いてるんだし。……オレ、人生、楽しくてしょうがないけど？　なん

で？」

ニコラは、なんだか妙に嬉しそうに笑って、

「うん。君って、本当にアントニオにお似合いだと思う」

「なんなんだよ？　オレが能天気だって言いたいわけ？」

オレが睨むと、ニコラは晴れやかに笑い、それから椅子をずらして、隣に座ったフィリップさんの肩に甘えたように頭をもたせかける。

「僕も今は、君と同じことを思ってる。フィルのおかげで。……運命の人ってそういうものだよ」


その夜。二人分の荷物を持ったガヴァエッツリ・チーフと、手ぶらのオレは、パリ東駅《ギャール・ドゥ・レスト》にいた。

ガラス張りの天井を持つ、巨大なターミナル。人の行き交う構内を、急ぎ足で歩く。

本当は、ガヴァエッツリ・チーフは、今夜の飛行機でローマに発《た》つはずだったらしい。

ガヴァエッツリ・ジョイエッロの社長（ってことはガヴァエッツリ・チーフのお父さん）の差し向けたリムジンが到着する三十分前に、オレたちはチェック・アウトを済ませてホテルを後にした。

親切にしてくれたコンシェルジュの人に、『電車で行く』という運転手さんへの伝言を頼んで。

「……リムジンに乗せられたら、お終《しま》いなんだ」

人ごみをいいことに、片手でオレの肩を抱いたまま離さない、ガヴァエッリ・チーフが言う。

「そのままローマまでの飛行機に乗せられて、あっちの空港には次のリムジンが待っている。それに乗せられたら、そのまま会議だの視察だの……とても恋人といる時間など持てないんだよ」

「ふうーん。ただの気楽な商売かと思ったら、副社長ってけっこう大変なんだね」

「……気楽な商売……私がどんなに苦労して、君といる時間をいつも捻出《ねんしゅつ》していると……」

ガヴァエッリ・チーフは、気が抜けたような声で言って、深いため息をつく。

フィリップさんはそういう事情をよく知ってるらしくて、『今回のお詫《わ》びに』って電車の切符を二人分手配してくれたらしい。

「ローマに行くの？　そしたら、ユーロシティって特急に乗るんでしょ？　ローザンヌとミラノを経由してローマで、それだとだいたい十時間でローマに着くのかな？　……あれ？」

オレは、成田空港で黒川チーフと晶也が渡してくれた、フランスのガイドブックをめくって、

「イタリア行きのユーロシティに乗るなら、この駅じゃない！　リヨン駅《ギャール・ドゥ・リヨン》まで行かないと！」

「慌てなくていい。私はこれでも学生時代、パリに留学していたんだよ？」

「お坊ちゃまの留学生なんて、ぜんぜんアテにならない！　だって電車が……！」

「私たちが乗るのはユーロシティじゃない。あそこに見えるだろう？　あれだよ」

ガイドブックから目を上げ、彼が指差したホームを見たオレは息を呑む。

金色の、二匹の獅子《しし》の紋章。白とロイヤルブルーに、金色のラインの入った優雅な車体。

「ヴェニス・シンプロン・オリエント急行《エクスプレス》。スイス、オーストリア経由でイタリアだ」

「……うそ……それって……」

「バーゼル、チューリヒ、ザンクトアントン、インスブルック、ヴェローナ、ヴェネツィア、フィレンツェ、ローマ、で……二泊三日というところかな？」

ガヴァエッツリ・チーフは、呆然と口を開けてしまったオレを見下ろし、セクシーな目で笑うと、

「……それでも、全然足りないくらいだよ」

オレたちは、食堂車での豪華なディナーを終え、バー・サロン車に移っていた。

アールヌーヴォー風の内装。蕾《つぼみ》の形をしたアンティークの室内灯が、車内をあたたかく照らす。

葉模様のあるヴェルヴェットのソファは居心地がよくて、出してくれるカクテルも最高だった。

一番奥にはピアノがあって、ピアノマンが静かなジャズを鳴らしている。

オレはたくさん曲のリクエストを頼み、ほかの乗客の人たちとも仲良くなって、長居をしていた。

「……ユウタロ。そろそろリクエストは終わりにしよう」

ガヴァエッツリ・チーフに言われて、イギリスから来た老夫婦と盛り上がっていたオレは渋々、

「ううーん……そしたら、ええと……最後に……」

「……最後の曲は、私がリクエストしていいかな？」

「あ、うん！　なにか聞きたい曲があるの？」

言うと、ガヴァエッツリ・チーフはオレを見つめ、フランス語の発音で曲の題名を言う。

エリック・サティだ。その題名の意味に気づいて、オレは真っ赤になる。

『あなたが欲しい《Je te veux》』

彼に腕を取られ、オレは席を立つ。……このリクエストに応えるのは、オレ、だよね。

超高級とはいえ、やっぱり電車だ。個室は座席とテーブルだけでいっぱいなほどに狭い。部屋に戻ってみると、その座席が上げられ、代わりにベッドが下ろされている。清潔な白いシーツ。その上に、オリエント急行のロゴ入りのウェルカムチョコレートの小箱。二つ並んだバスローブに、オレはなぜか赤面してしまう。

「ええと！　カヴァエッリ・チーフ、先に着替えれば？　そういえば、オレの荷物にスーツを詰めてくれたの、あきやなんだ！　彼に感謝しなきゃ！　だってGパンじゃこんな豪華な電車……」

恥ずかしさのあまりまくしたてていたオレは、いきなり電気を消されて、驚いて口をつぐむ。

「……ユウタロ。さっきのリクエストを忘れた？」

低い声で囁かれ、オレはあまりの緊張に身体を硬直させる。暗がりに、ふわりと彼のコロン。あたたかい、彼の気配。その手がオレの身体にまわり、そっと引き寄せられる。

「……あ……！」

ふざけながら彼の腕に抱かれたことはある。でもこんなに優しく抱きしめられるのは、生まれて初めてで……逞しい胸に抱きこまれ、愛しげに抱きしめられて……気が遠くなりそう。

「……ユウタロ……」

囁かれるだけで、鼓動がどんどん速くなって……ああ、これから先、オレ、どうなるんだろう？

「愛してるよ、君は？」

「……オレも……あ……あ……」

彼が、勇気づけるようにきゅっと抱きしめてくれる。オレは彼の胸に頬を埋め、かすれた声で、

「………愛してるよ、世界で一番。いつのまに、こんなに好きになっちゃったんだろう……？」

オレの身体にまわされていた腕が、ふいに離れていく。その腕が膝の裏と腕の下に差し込まれ、なに？　と思った瞬間に、身体がふわりと宙に浮く。

「……あっ……？」

彼の逞しい腕に抱き上げられ、ベッドにそっと下ろされる。

衣擦《きぬず》れの音がして、彼のあたたかい身体が重なってくる。思わず逃げようとしたオレに、

「愛しているよ」

苦しげに聞こえるほど真剣な声。身体が甘く痺れて、もう動けなくなってしまう。

「君にキスしたい。いい？」

唇に息が触れるほど近くで囁かれ、オレは思わず小さく喘いでしまう。

去年のクリスマスイヴ。彼は一度、オレにキスをしようとした。でも、彼は遊びのキスはしないでいてくれて……ずっとオレの気持ちを大事にしてくれて……そのことが、なんだか嬉しい……。

「……キス……して。愛してるんだ……」

小さく囁いて、そっと目を閉じる。彼の腕が、強くオレを抱きしめて、そして……、

「……ん……」

初めて唇に触れる、あたたかくて優しい、彼の唇。

……唇を触れ合わせるだけの行為が、どうしてこんなに身体を熱くするんだろう……？

緊張して歯を食いしばってしまったオレを包み込み、すぐにチュッと音を立てて離れ……、

「……あ……いやだ……もっと……」

唇が離れる寂しさに、オレは声を上げる。彼はその一瞬のスキをついて再び唇を奪い……。

「……あんっ……んんっ……！」

上下の歯列の隙間から忍び込む舌。舌をすくい上げられ、上顎《うわあご》を舐められて、腰が跳ね上がってしまう。

彼の左腕が、オレの腰の下に滑り込む。そのまま、腰をぎゅっと抱きしめられる。

……もう逃げられない……そう思うだけで、体温が上がる。泣いてしまいそうになる。

彼の指が、オレのネクタイの結び目に入る。シュッと音を立てて、ネクタイを解《ほど》いてしまう。

「……んん……！」

舌を柔《やわ》らかく貪《むさぼ》りながら、彼の手の平がYシャツの上を滑る。乳首の上を通過されて……。

「……んんっ！」

腰に、ズキンと甘い痛みのようなものが走る。それは、オレの頭を霞《かす》ませ、鼓動を速くし……、

「……あっ、あっ、待って……！」

キスの合間に、オレは必死で懇願《こんがん》する。だって、このままじゃ……、

「愛してる」

彼が、苦しげな声で囁く。

「君が欲しい」

ものすごく恥ずかしいけど、キスと、それにちょっと触られただけで、オレはもう感じてしまってた。欲望は身体の中で膨れ上がり、下腹のあたりに凝縮し、オレを硬くしてしまっていて……。

「……オレ……うう……」

真っ赤になって口ごもるオレの耳に、彼が囁きで、

「愛し合いたい。……君は？」

そのセクシーな声だけで、オレの中心はピクンと震えて硬さを増してしまう。だけど……。

「……オレ……」

かすれた声で言うと、ガヴァエッリ・チーフはオレの上からふいに身を起こす。それから背中の下に手を入れて、そっと起こしてくれる。まっすぐにオレを見つめながら、

「どうした？　怖くなった？　気になることがあるなら、言ってごらん？」

優しい声で言ってくれる。カーテンの隙間から漏れる月明かりが、彼の顔を照らしている。彫りが深くて美しい顔、深い色の瞳。見てるだけで、愛しくて愛しくて心が痛くなる。

……だけど……。

オレは、心を過ぎった気持ちをなんて表現していいのか解らずに、言葉を失ってしまう。さっきまでは夢中で気づかなかった、電車が線路の上を走る、カタン、カタンというリズミカルな音が、なんだか急に大きく聞こえる。

「もしかしたら、君は……」

長い沈黙の後、少し悲しげな声で、ガヴァエッリ・チーフが呟く。

「男同士でセックスをすることに、抵抗があるのかな。でなかったら……相手が私であることに」

「ちがう！　オレ、あなたとしたい！　今だってメチャクチャしたいよ！　だけど……」

「だけど？」

彼は真剣な声で言って、オレの肩を両手で包む。そのあたたかさに、少し勇気づけられて、

「……オレ……、はっ、初めてなんだっ……だからっ……！」

思い切って叫ぶ。笑われるかな、と少し身構えるけど、彼は静かな声で、

「だから？」

「……だから……」

まだ口ごもってしまうオレを、彼がそっと引き寄せる。きゅっと両手で抱きしめて、

「愛しているよ、ユウタロ。だからどんなことでも聞いてあげる。言ってごらん？」

彼の言葉が、オレの迷いを熔かしてくれる。オレは彼の胸に頬を埋めながら思う。

……ああ、彼の腕に抱かれてると、どうしてこんなに安心するんだろう……？

「オレ、初めてなんだ。だから、あなたに抱かれた最初の夜のこと、一生忘れないと思うんだ」

彼は、私もだよ、と言って、オレの髪にそっとキスをする。オレは、赤くなってしまいながら、

「だからもし、今夜、オリエンタル急行の中であなたに抱かれちゃったとする。そしたらオレ、テレビにこの電車が映ったのを見るだけで泣いちゃうような気がする」

「……え？」

「ホテルだって同じだ。あなたが東京で住んでるホテルとか、旅先で二人で泊まったりとか……そういうとこで初めてのセックスをしたら、その建物を見るだけで泣いちゃうような気がする」

オレは、彼のYシャツを両手で握り締め、恥ずかしくて言えなかったことを口にする。

「オレ、借り物じゃない、あなたとオレだけのベッドが欲しいよ。毎朝、そこで目を覚まして、あなたの姿が横にあるのを見て、幸せな気分になる。オレたち以外の誰も、そこには寝かせない」

「……ユウタロ」

「愛してる。だからオレ、最初の夜を、大切にしたいんだ。そういうの、バカらしいと思う？」

ガヴァエッリ・チーフの腕が、オレの身体を抱きしめ、そっと揺さぶってくれる。

「バカらしいなんて思わない。……ユウタロ、日本に帰ったら、一緒に住もう。そして二人だけのベッドを買いにいこう」

「うん。オレ、少し広めのマンション探すね。ちょっと高いかな？　でも二人でワリカンならなんとか……」

「部屋を探す必要はないよ」

「……え？」

「私もずっとホテル住まいをしているわけにはいかない。都内に一軒、家を建てている。そんなに広くはないが、私が設計を手伝っている。美しい家になるだろう」

オレは、呆然として彼の言葉を聞いていた。

……じゃ、前に一緒に住もうって言ったのは、ホテルでってことじゃなくて……？

「本当は、もっと早くにそっちに引っ越したかったんだが、私がいろいろとこだわったものだから、設計士ともめてなかなか完成しなかったんだよ」

……彼がいつまでもホテル住まいだったのは、どこかに行っちゃうからじゃなくて……？

「ずっと、君と一緒に住めたらいいと思っていた。……そこに住もう。二人だけの、大きなベッドを買おう」

優しい声で囁かれ、オレはそっとうなずいた。それから、ふと気がついて、

「家ができるまで待つとしたら……けっこう長いおあずけになっちゃうね」

ガヴァエッリ・チーフは、なんだか悲しげなため息をついて、

「一年も待ったんだ。たいしたことはない……と言いたいところだが、君の気持ちも聞いてしまったし、その上あんな色っぽい声を聞いてしまったし……今までより、ちょっとつらいかな？」

「ガヴァエッリ・チーフ。ワガママ言ってゴメン。あの……」

言いかけたオレの唇に、彼の指がそっと触れる。

「会社を出たら、役職はなしだ。……私のファーストネームは？」

「ええと、なんだっけ？　あなたになんて興味ないから、忘れちゃった！」

オレがとぼけると、彼は笑いながらオレを押し倒し、

「そういうことを言うと、最後の理性が吹き飛ぶかもしれないよ？」

言って、唇にチュッと音をたててキスをする。オレはそれだけで身体を熱くしてしまいながら、

「……アントニオ……あなたって、本当にキスが上手……」

囁くと、彼は一瞬黙り、それからなんだかものすごく感動したような声で、

「君の声で名前を呼ばれるのは、すごくいい。……もう一度」

「……アントニ、オ……」

語尾を吸い取るようにして、彼の唇が重なってくる。オレは思わず歯を食いしばってしまってから、なんとかあごの力を抜くことに成功し、彼の舌を受け入れることができる。

「……うん。だんだん上手になってきたね、ユウタロ……」

キスの合間に、彼がセクシーな声で囁く。

逃げようとするオレを追い、角度を変えて、彼の唇が何度も何度も重なってくる。

「……ん……あん……！」

二人の舌が滑らかに絡《から》み合い、濡れた音をたてる。力の抜けてしまったオレの唇の端から、

あたたかい唾液《だえき》がゆっくりと溢《あふ》れて伝う。そのくすぐったい感触にまで身体が反応する。

「……ア、アントニ、オ……もう……だめ……んんっ……！」

オレは彼の香りを感じて喘ぎ、駆け抜ける甘い痺れに身体を震わせ、初めての感覚に涙を流す。

唇がやっと彼のキスから解放された時、オレの鼓動はもう早鐘のようだったし、息は荒くなっちゃってるし……なにより……、

「……あ、あ……だめっ！　動かないで！　キスももう終わり！」

彼の身体の下で、オレの中心は、今にも弾《はじ》けそうなほどに硬く勃《た》ち上がってしまっていた。

今の体勢は、オレの開いた脚の間に彼の身体が入ってのしかかっている状態。

……ちょっとでも動かれたら、彼に気づかれちゃう……！

……キスだけで、こんなに感じちゃうなんて……気づかれたら、子供って笑われる……！

「どうしたんだ、ユウタロ……あっ……！」

彼が心配そうに身を起こそうとした拍子に、オレの中心がキュッと彼のお腹《なか》に当たってしまう。

「……ああっ……！」

オレは思わず甘い声を上げてしまう。……ああ、彼に勃ってるのを気づかれちゃった……！

「……ばか、ばかあ……うう……」

恥ずかしさのあまり涙を零してしまったオレに、アントニオはそっとくちづけて、

「恥ずかしがらなくていい。白状すれば、私もだ。……君の声が、あまりに色っぽくて」

ちょっと照れくさそうに言う。彼はオレより背が高いから、彼の下腹のあたりは、オレの開いた脚の間くらいに当たってるはず。オレの良心がズキンと痛む。

「……オレ、こういうの、全然詳《くわ》しくないんだけど……でも……我慢させちゃったのはオレだし……」

オレは、真っ赤になりながら、電車の音にかき消されそうな、蚊《か》のなくような声で、

「……あの……してあげようか？　手とか、口とか……そういうのでいいなら、あの……」

彼は苦しげな呻き声を上げ、オレの身体の上から慌てて起き上がる。

「死ぬほど嬉しいが……そんなことをしたら、ますますお腹が空いて、一秒も我慢できなくなる」

さらに赤くなって息を呑むオレに、アントニオはクスリと笑って、

「どんなに美味《おい》しそうなごちそうを目の前にしても、ガツガツしたりしない。それが……」

オレの唇に、チュッと愛しげなキスをして、

「……贅沢《ぜいたく》なオトナのやり方だよ」

二人の二度目のクリスマス

YUTARO・1

「……ん……」

明るい朝の陽差《ひざ》しに、オレはゆっくりと夢から引き戻される。

「……ん……」

薄く目を開けると、真っ白いシーツの上に、淡いブルーグリーンの葉影が揺れている。

ベッドの上に、力なく投げ出したオレの腕。

白いパジャマに包まれた上腕から、指先まで、やっぱり綺麗《きれい》なブルーグリーンに染まっている。

彼に初めてこの家を案内された時には、『こんな贅沢《ぜいたく》な家！』って怯《おび》えちゃったけど……

本当は一目でこの家が好きになっていた。

特に、一面がガラス張りで、木々のたくさん植わった中庭が見渡せる、真っ白なベッドルーム。

今は十二月。外はすごく寒いだろう。でも暖房の適度に効いたこの部屋だけはもう春みたいだ。

本当に気持ちがよくて、なんだかずっとまどろんでいたいような……。

中庭に続く窓とは反対側、白い大理石張りの廊下から、近づいてくる足音が聞こえる。

オレは、昨日の夜中のことを思い出し、一人で赤面する。

……帰りが遅かったアントニオとケンカして。でも、たくさんキスされてついつい許しちゃって……。

足音がドアの前で止まり、真鍮《しんちゅう》のドアノブが、カチャリとまわる音。

ふわりと空気の流れが変わって、磨《みが》かれた樫《かし》材のドアが開いた気配。

デッキシューズの軽い靴音。大理石の床を鳴らして、ベッドに近づいてくる。

オレが身体《からだ》を伸ばしているベッド。微《かす》かにきしみながら揺れ、隣に誰かが座る。

ひんやりした指が、ツツ、とパジャマに包まれたオレの肩のラインをたどる。そのままシーツの中に滑り込もうとする。

「……アントニオ……」

オレは仰《あお》向けに寝返りを打ち、腕で顔を覆いながら、

「……昨夜帰りが遅かったこと、オレ、まだ怒ってるんだからなっ……！」

クスリ、と小さく笑う声。オレのあごにひんやりした指がかかり、そのまま気配が近づいてきて……。

「……ン……」

オレは拗《す》ねて目を閉じたまま、アントニオのキスを受け……、

「昨夜は悪かった。早く君に会いたくて気が狂いそうだった。……おはよう、ユウタロ……」

囁《ささや》かれて、つい目を開けてしまう。

朝の光の中、目が合っただけでドキドキするようなハンサムが、俺の顔を覗《のぞ》きこんでいる。

「それなら許してあげる。……おはよう、アントニオ……」

オレが言うと、彼は優しい笑いを浮かべて、もう一度、チュッと軽いキスをしてくれる。

さらりと着こなしたシンプルな綿のシャツ。ストーンウォッシュのジーンズが、長い脚と格好いいお尻を強調している。

休日の朝らしいくつろいだ格好だけど、この人が着るとなんでこんなに洒落《しゃれ》て見えるんだろう？

そのままモデルになっても『スーパー』がつくほど出世しそうな、ハンサムな顔。

骨格からして完璧、と思えるような、腰の高い、見事なスタイル。一見スレンダー。でも適度に鍛《きた》えられた滑《なめ》らかな筋肉がその身体を覆ってるのを、オレは感触で知ってる。

身体を包むものは、どれもこれもがオーダーメイド。世界に一枚しかない、まさにアントニオ・ガヴァエッリのためだけに一流の職人さんが作った品ばかり。

時計から、カフスから、靴から……なにもかもが、目が眩《くら》むような超一流品。

だけど、一番素敵なのは……やっぱりアントニオ・ガヴァエッツリ本人なんだよね。

「……あーあ、気持ちよくてすっかり寝坊しちゃった！　……お腹《なか》すいた？」

「とてもすいた」

アントニオは、妙に素直に言う。

彼は大富豪の御曹司《おんぞうし》で、才能溢《あふ》れるデザイナーで、ものすごいハンサムなんだけど……小さい頃から使用人さんのいるお屋敷で育ったせいか、生活における一般的常識とかが全然なってない。

トーストは平気で焦《こ》がす（しかもムキになってそれを食べたりする）、缶を開ければ蓋《ふた》で毎回指を切る（なんで？）、ナイフはデッサン用の鉛筆を削ることしかできない（美大生の基本）。

彼ができることと言ったら、シャンパンの栓《せん》を開けるのと、ワインのコルクを抜くことくらい。それに小さい頃からそれだけはやらせてもらっていたらしい、エスプレッソをいれること。

今も、開いたままのドアの方から、エスプレッソのいい香りが漂《ただよ》ってくる。

……きっと、お腹がすいて、エスプレッソだけ入れてオレが起きてくるのを待ってたんだ……。

「……ごめん！　すぐ、なんか作ってあげるから……！」

少し寝ぼけたまま身を起こし、立ち上がろうとしたオレの腕を、アントニオがそっと押さえる。

「……え……？」

「朝食の前に、食べたいものがある。それが食べたくて、お腹がすいているんだ」

「……な……？」

アントニオは、柔《やわ》らかくオレを抱きしめ、耳に口を近付けて、

「……二人のベッドを買ってから……さらに一週間もおあずけにされているんだよ？」

「……うっ……！」

囁かれ、オレは言葉につまる。

「だって、あなたが……！」

オレは真っ赤になりながら言う。

一週間前の土曜日。ずっと待っていた、二人のベッドが届いた。

それは都内のインテリアショップをしらみつぶしに見てまわり、二人とも一目で気に入ってしまったという美しいベッドだった。

白い部屋に合うような、低くてシンプルな白木のヘッドボード。低めでしっかりとした外枠。そして驚いたことに、イタリアのデザイナー物には珍しいウォーターベッドだった。

安いウォーターベッドは柔らかくて、寝返りを打つたびに揺れて気持ちが悪くなると聞く。でもそのベッドはしっかりと硬くて、試しに寝転がってみると身体に添って形を変え、押し返してくる感じ。まるで自分の身体にぴったりのオーダーメイドみたいに寝心地がよくて。すごくオシャレなインテリアショップに置いてあったんだけど、あんまり寝心地がいいから、オレもアントニオも、ずっとそこに寝転がってしまっていた。アントニオなんて残業の疲れで半分寝そうになってたし。

……っていう、二人のベッドが届いたにもかかわらず……！

ベッドが届いた日。ちょっとしたことで、アントニオとオレはケンカになってしまった。その原因は、急な仕事が入ってその日のうちにアントニオが出張しなきゃならなくなったこと。

彼は副社長だし、仕事をきちんとこなさないと会社や社員全体に迷惑がかかることだってある。

だから……オレだってあんまりワガママ言っちゃいけない、って解ってはいるんだけど。だけど、ベッドが届くのをすごく心待ちにしていて、しかも、『その夜、オレは彼に全てをささげちゃうんだ！』ってずっとずっと緊張しまくっていたオレは、なんだか簡単にキレちゃって。

ケンカをして『あなたが謝ってくるまで、セックスはしないからな！』と口を滑らせてしまった。

アントニオは憎たらしく笑って、『じゃあ、君がいいと言うまでおあずけだ』って宣言して。

それまでのオレたちは、ほんのジャレ合いのフリをして、毎晩のように抱き合ってた。エッチなことはまだだったけど、二人とも、キスをするだけでもうギリギリの限界だったし。

……だから、どうせすぐに謝ってくるだろうって思ってて……、

「……だって、あなたが……」

……なのにアントニオは、一週間も、オレに指一本触れなくて……、

……昨夜あたり、許してあげようかな、と思っていたのに、間が悪く彼は残業で……、

「あなたが……なに……？」

至近距離で見つめられ、オレは思わず、

「あなたが、ホントにおあずけにするからじゃないかあッ！」

叫んでしまってから、真っ赤になる。

……これじゃ、おあずけにしないで、セックスをしてくれてよかったって言っているみたいだ……！

アントニオはその形のいい唇に、すごくセクシーな笑いを浮かべる。

よく手入れされた指を持つ、美しい手が伸びて、オレのパジャマの肩をあたたかく包む。

そのままオレをシーツの上にそっと押し倒し、上から見下ろしながら楽しそうな声で、

「それは悪かった。もしかして……もっと強引にしてしまってよかった？」

オレは真っ赤になって逃げようとするけど、彼の手に肩を押さえられて、それもできない。

「……じゃあ、お言葉に甘えて……」

彼の唇が下りてきて、オレの耳に囁きを吹き込む。濡《ぬ》れた舌が、耳たぶをそっと舐《な》め上げてくる。

「……ちがっ！　そんな……ああ、ん……！」

オレは、身体を走った疼《うず》きに思わず甘い声を上げてしまう。

……だって、おあずけにされまくって、身体はもう限界で……、

「……ん？　どうしたの？」

「な、なんでもない！　急に耳なんか舐められてびっくりしただけ！　放せよ！」

オレはもがきながら言う。悔しいけど、いつのまにか息が弾《はず》んじゃってる。

身体を覆っている、さらさらとした綿のパジャマ。その上を、彼の指がそっと滑る。

薄い布越しに乳首の先端をスッと撫《な》でられて、オレの腰が知らずに跳ね上がってしまう。

「……あぁっ……！」

アントニオの手が、一瞬のスキを逃さずに、シーツとオレの身体の間に滑り込む。

そのまま、逞《たくま》しい腕でぎゅっとオレの腰を抱きしめて、

「ユウタロは本当に感じやすいね。もう降参する？」

「するかっ！　放せよっ！　感じてなんかいないぞっ！」

バタバタ暴れると、アントニオはイジワルそうに笑いながらオレの顔を覗きこんで、

「ふうん。……じゃあ、ちゃんと感じさせてしまおうかな」

「あっ、やめっ！　何する気だっ……？」

「……愛している……」

耳元の囁きに、気が遠くなりそうになる。

「……欲しい、ユウタロ……我慢できない……」

彼の濡れた低い声に、オレの身体はピクンと反応してしまう。

「……い、や……アントニオ……」

オレは、快感に呑《の》み込まれそうになりながらも、気力を振り絞《しぼ》って身じろぎして、

「……こんな、明るいところで、朝ゴハンの前に……」

言うと、アントニオはクスリと笑って、

「ん？　恥ずかしい？」

「……う、ん……だから……今夜……」

「今夜？」

「今夜は……クリスマスイヴだし……」

そう。初めて彼と一緒のベッドに寝たのが、ちょうど一年前の、今日。

あの時のオレたちは、単なる上司と部下だったから、もちろんエッチはナシだったし、たんに二人並んでバク睡しただけだったんだけど。

でも、それからオレの中では、クリスマスイヴは少し特別な日、という感じになっていて。

……だから、今夜……。

アントニオは、オレの目を真剣な顔で覗き込む。

「……わかった、今夜。楽しみにしているよ……」

囁かれ、柔《やわ》らかくてすごく上手なキスをされて、オレの心は幸福に酔《よ》い、そしてオレの身体は……。

「……あっ……！」

「どうした？」

「……なっ、なんでもないっ……」

慌てて言うけど、オレの中心はキュッと勃《た》ち上がってしまっていて……。

オレの硬さに気づいたらしい彼が、目を丸くして、それからなんだか嬉しそうな顔で笑い、

「ん？　ここは、夜まで我慢できない？」

「ち、ちがっ！　そんなんじゃないっ！」

「じゃあ、どうしてこうなってるの？　……ユウタロ……」

彼は、オレの耳に口を近付け、イジワルで、そしてものすごくセクシーな囁き声で、

「我慢できなかったら、してあげようか？　……指か口で……」

「あうっ！」

あまりに刺激的な言葉に、オレは硬直してしまう。彼はクスリと笑って、

「驚くことはないだろう？　オリエント急行で初めてキスをした夜、君が言った言葉だよ」

「い、言ってないよ、そんなこと！　オレ、知らない！　聞き違いじゃないの？」

真っ赤になりながら叫ぶと、彼の凛々《りり》しい目が、キラリと光って、

「……そういう憎たらしいことを言う子には……おしおきだな」

「お、おしおきっていったい……あっ……！」

彼の手が、密着している二人の身体の間に入る。

のしかかられて開いてしまっている脚、内腿《うちもも》の腱《けん》に添うように、そっと撫で上げる。

「……あっ、あぁっ……」

オレは、それだけでもうイキそうになってしまい……。

「んんんっ！　いやだっ！　ばかあっ！」

オレは、彼の手をパシンとはたき、ばたばた暴れてその身体の下からやっと這《は》い出す。

ベッドから下りて床に立ち、目を丸くしているアントニオに向かって、思い切り叫ぶ。

「今夜って言ったのは、なし！　もう、金輪際《こんりんざい》、あなたとセックスなんかしないぜ！」

部屋を横切って走り、部屋からつながったバスルームに飛び込み、力いっぱいドアを閉める。

……ちくしょう！　またやっちゃったじゃないか……！

ドアに寄りかかりながら、早くもちょっと後悔してしまう。

……こうやって繰り返しちゃうところが……オレってバカみたい……。

いつものように鍵《かぎ》を締めようとして、手を止める。

……もしかして、アントニオが、謝りに来るかも……？

ちょっと赤くなりながら、オレは鍵を掛けないまま、パジャマを脱いで床に落とす。

……真剣に謝るなら、『おあずけ』にするのはやめてやってもいいんだぜ……！

「……またやってしまったか……」

私は、ベッドに座り込んだまま呟《つぶや》いた。

「……しかし」

悠太郎の、真っ赤になって睨《にら》んできた顔を思い出して、つい笑ってしまう。

「……怒った君が……可愛《かわい》すぎるんだよ、ユウタロ」

私は立ち上がり、バスルームのドアを叩《たた》く。

トイレは別になっていて、このバスルームには広めのバスタブと洗面台だけだ。

私がこの家の設計を始めたのは、一年ほど前。悠太郎《ゆうたろう》が、『洋式の、お風呂とトイレが一緒になったバスルームってヤだな』と言っていたので、思わずこういう造りにしてしまった。

その頃から、私は彼と一緒にここで暮らす日を夢見ていたのかもしれない。

「ユウタロ。ひげを剃《そ》りたい。入っていい？」

言うと、ドアの向こうから、慌てているようなバシャバシャという水音。湯気にこもった

声が、

「なんだよ！　この家にはバスルームが四つもあるじゃんか！　どっかほかで剃れば？」

「私の愛用の剃刀《かみそり》はここにしかない。知っているだろう？」

言うと、彼はしばらく黙り、それからムッとした声で、

「……いいよ。くれば……？」

その拗ねたような口調の可愛さに、思わず笑ってしまう。

しかしニヤついた顔を見られたら、悠太郎がまた爆発するだろう。

私は咳払《せきばら》いをして、両手で頰《ほお》を叩く。なんとか顔を引き締めて、ドアノブを回す。

……鍵だってちゃんとあるのに。開けっ放しのところが誘っているよ、悠太郎。

ドアを開けると、あたたかな湯気がただよっている。ふわりと爽《さわ》やかなレモンの香りがする。

このバスルームを初めて見た時、悠太郎は『オレのマンションの部屋よりも広い！』と叫んだ。

フィレンツェにある私のベッドルームのバスに比べれば、いたって慎《つつ》ましいものなのだが。

しかし、白の大理石で統一した内装と、突き当たりにある中庭に向かって開いた大きな窓、緑を眺めながらゆったりと身体を伸ばせるジャグジー付きの大きなバスタブは、私のお気に入りだ。

少し採光を抑えて木陰《こかげ》にいるように感じられるように設計したベッドルームに比べ、ここには天窓をつけた。冬でもバスルームには光が溢れ、内装の白を反射して眩《まぶ》しいくらいに明るい。

正面に設置した、一段上がったところにある円形のバスタブ。

たっぷりと張られたお湯が太陽を反射させ、天井に細波《さざなみ》の水影を揺らしている。

お湯の中から裸の半身を覗かせ、悠太郎が私を見つめている。

濡れた黒い髪。少年のような無邪気さと気位の高さを併《あわ》せ持つ、端整な顔。

オニキスのようによく光る、深い漆黒《しっこく》の瞳。その気の強そうな視線。

初めて会った時も、挑むような目で睨まれて、身体の奥がゾクゾクした。

きっちりと引き締まり、猫科の動物のように敏捷《びんしょう》そうな筋肉に覆われたその身体。

水滴《すいてき》を光らせたその肌は、はしゃぎ、笑い合った夏の余韻で、綺麗な金色に日焼けしている。

彼は何者にも媚《こ》びない。何者にも怯えない。強く、真っ直《す》ぐに自分の信じるものを貫《つらぬ》いている。

その姿勢が、不思議で強い色気になって彼を包んでいる。

……これでは、いつほかの男から誘惑されるかわからない。

……まったく。危なくてしょうがないな。

「……な、なんだよ。ジロジロ見るなよっ……！」

乱暴な口調。だが、歌の上手《うま》そうなそのよく響く声で言われると、愛を語る甘い囁きにしか聞こえない。照れて、わざと気の強そうな言葉を選んで使うところが、とても可愛く思えてしまう。

私が目線をそらさずに黙って見つめていると、悠太郎はその滑らかな頬に血の気を上らせ、

「そういえば、ひげなんか全然伸びてないじゃん！　起きてすぐちゃんと剃ったんだろ？」

叫びながら、バスの横にある入浴剤の壜《ビン》を手に取り、蓋を開けてお湯の中に中身をぶちまける。

「ちくしょーっ！　ちくしょーっ！　なんなんだよっ！」

両手を振りまわし、不自然なほど派手にお湯を跳ねさせて、泡をたてようとしている。

「……ユウタロ？」

私が笑いをこらえながら言うと、悠太郎はその形のいいあごをツンと上げて、

「ふん！　イタリアから取り寄せてる高い入浴剤だろ？　いっぱい使ってやる！　悔しいか！」

私は、思わず小さく吹き出してしまい、片手で口を覆ってなんとかごまかしながら、

「……君が入浴剤をたくさん使ったり、不自然に暴れて泡をたてようとするのにはきっと理由がある」

私が近づきながら言うと、悠太郎は真っ赤になりながらバスタブの中で後ずさる。

「な、なんだよ！」

「言っておくが、私はバスルームに入って来てから、君に指一本触れていない」

「あったりまえだろ！　それがどうしたんだよ！」

悠太郎は叫びながら、無意識のうちに手で身体の一部を隠そうとしている。

「もちろんキスもしていない。エッチな言葉を吐《は》いた覚えもない」

「……だ、だから、なにが言いたいんだよ……！」

私は、悠太郎が浸《つ》かっている泡だらけのバスタブを見下ろして、わざとイタリア語で、

「私の視線だけで、アソコがまた反応してしまっているよ」

「う、うわあああーッ！」

悠太郎が叫びながら、私に向かってメチャクチャにお湯を跳ねさせる。

「ばっかやろおおーっ！　出てけ、出てけえええーっっ！」

……泡で見えないからカマをかけただけだったのに。図星だったみたいだな。

私は、もう我慢できずに笑い出してしまう。

「最近は英語も上達したし、そんな高度なイタリア語がわかるなんて。君はとても勉強熱心だな」

真っ赤になって暴れている悠太郎を微笑《ほほえ》ましい気分で見ながら、私は心の中で囁く。

……今夜が楽しみだよ、悠太郎！

私は、彼に会う前には想像もできなかったような幸せな気分で、バスルームを後にする。


気配を感じて振り向くと、バスローブ姿の悠太郎がダイニングに入って来たところだった。

悠太郎はいつも、とても無造作にバスローブを着る。前の合わせ目がしどけなく開いて、引き締まったお腹のあたりまでがのぞいてしまっている。

露《あらわ》なのはウエストまで。腰から下はギリギリ見えない、という感じがたまらない。

上気した胸、綺麗な形の鎖骨《さこつ》、滑らかな頬、そして長いまつげに、水滴がキラキラと煌《きらめ》いている。

すらりとした首筋に、濡れた髪が張り付いているところが……とても色っぽい。

悠太郎は、照れたような怒ったような顔で私に一瞥《いちべつ》をくれ、何も言わないままキッチンに入っていく。

白の大理石張りの床と、フロストシルバーで統一されたキッチン。

高い天井に天窓を設《もう》けてあるので、そこはバスルームと同じように明るい。

大きく切った窓の前には、私が置いたまだ小さなオレンジの木が、テラコッタの鉢の中で小さな葉をつけている。悠太郎は、アメリカ製の大きな冷蔵庫からイタリア産のミネラルウォーターを取り出す。棚《たな》から出したクリスタルのグラスに注《つ》いで、片手にその壜を下げたままで、一気に飲み干す。もう一杯をなみなみと注いで、オレンジの木の鉢のところまで歩き、ミネラルウォーターをそっとかけてやる。最後の一滴までかけ、

「……これはなあ、一本二百三十円もする、いい水なんだぞ。だから頑張って花を咲かせろよ……」

小さな声で囁いている。

私が思わずクスリと笑ってしまうと、驚いたように肩を震わせ、慌てて振り返る。

「なんだよ！　仕方ないだろ？　植物って話しかけないとだめなんだから！」

真っ赤になって叫んでいる。私はダイニングの椅子《いす》を立ち、ゆっくりと悠太郎に近づいて、

「君は優しい子だな。私にも優しくしてくれると嬉しいんだが。……仲直りをしてくれないか？」

言うと、悠太郎は拗ねたような顔で目をそらし、

「……言うこと聞いてくれたら、仲直りしてやってもいいぜ」

「なんでも言っていい。君のためなら、なんでも言うことを聞いてあげる」

言うと、彼は挑むような顔で私を見上げて、

「……なんでも？　オレを甘やかすと、うんと贅沢で、うんとワガママなこと言うよ？」

「もちろん言っていい。カリブ海のバカンスでも、ニースのコンドミニアムでも、大型クルーザーでも……」

「そんなのいらない」

悠太郎は私の贅沢な申し出をあっさりと一蹴《いっしゅう》してから、なんとなくすがるような目になって言う。

「今夜……オレと一緒に、クリスマスイヴを過ごしてよ」

私は、愛しさに胸を熱くしながら、彼の身体をそっと抱きしめる。

「いいよ。そのかわり、ごちそうは食べられるのかな？」

「うん！　ローストチキンの焼き方覚えたし、スープもできるし、あとあと……！」

私は、彼の唇にそっと指で触れる。彼は驚いたように言葉を途切れさせ、ふいに目を伏《ふ》せて、

「……オ、オレの心の準備もできてるし……」

蚊《か》の鳴くような声で、囁く。伏せられた長いまつげのあたりがほんのり染まって色っぽい。

「それならパーフェクトだ。愛しているよ、ユウタロ……」

私は彼のあごに触れて顔を上げさせ、その甘美な唇を奪おうと、唇を近付けて……。

……プルルル……！

キッチンの壁に設置した電話が、着信音を鳴らす。悠太郎はあっさりと私の腕をすり抜けて走る。

「あっ、あきやかもしれない！　……もしもし？」

電話に出てしまう。

……今日だけは、電話が鳴っても知らん振りしようと思っていたのに……。

案《あん》の定《じょう》、悠太郎の顔がふと曇《くも》り、眉《まゆ》を不機嫌にひそめながら私に受話器を差し出し、

「……日本支社長から。急ぎだって」

私はため息をつきながら電話に出る。

本当ならば今日は休日ではない。しかし渋る雅樹《まさき》に頼み込んで私は休みを取り、さりげなく悠太郎の代休を合わせ……クリスマスイヴの今日は、一日中一緒に過ごそうと思っていたのに……。

「ええと、ユウタロ。ちょうどイタリア本社がクリスマス休暇に入っていて、私が今日出社しないと……」

電話を切った私が、恐る恐る言うと、悠太郎は、あきらめたようなため息をついて、

「しょうがないか。クリスマスイヴにあなたが休みを取れて、朝一緒に過ごせただけでも奇跡だもん。……そのかわりっ！」

私に歩み寄り、すぐ傍《そば》から私を怖い目で睨み上げて、

「今晩のディナーの開始時間は九時！　それに遅れたら、一生オレとのセックスはないと思えよっ！」

YUTARO・2

「ローストチキンも焼き上がったし！　トスカーナ風スープも、冷製アンティパストもできたし！　中庭の木に電飾点《つ》けてクリスマスツリーにもしたし！　キャンドルの準備もできて、あとは……」

オレは呟いて、ダイニングの壁にかけられた時計を見上げる。……八時五十六分……。

オレの心に、冷たいあきらめが走る。……やっぱり、彼は、間に合わないよね……。

アントニオと一緒に住むようになってから、彼がどんなに忙しい人なのかがよく解ってしまった。

副社長の業務だけでものすごく大変なのに、彼はガヴァエッリの子息として社交面でも務めを果たしているし、デザイナー室のブランドチーフとしてオレたちの面倒まで見ているし、そのうえ世界的なジュエリーデザイナーとしての自分の創作活動もちゃんと続けている。

オレに付き合ってさんざん飲んで、遊びまわって……オレは夜中に目を覚ました時、彼が一人で黙々とデザイン画を描いているところを何度も見てしまった。それは時には朝まで続いて……。

でも彼はいつも明るくて、疲れた様子も、忙しさに苛立《いらだ》った様子も、一度も見せたことがなくて……。

彼は強い。肉体的にだけでなく精神的にも。そしてオレなんか足元にも及ばないほどオトナだ。

ワガママを言っても、怒っても、彼はいつもオレを受け止めてくれて、愛してるって囁いてくれて……。

見つめていた時計の針が動いて、九時まであと三分を示す。オレの視界が、涙でジワリと潤《うる》む。

「……ごめん、アントニオ。オレ、ワガママばっかり言って……やっぱり無理だったよね……」

オレの脳裏を、アントニオに初めて『愛してる』って告白した日のことがよぎる。

寒くて、不安で、ホテルのサロンで待ちながら泣いていたオレの前に、彼はまるで夢の中から現れたみたいに美しい立ち姿を見せて。『愛しているよ、一緒に住もう』って言ってくれて。

「……何時でもいい。もう怒らない。ワガママ言わない。帰って来て。オレのことを抱いて……」

椅子の上にうずくまり、泣きながら呟いたオレの耳に……。

玄関のドアが跳ね返る音。そして長い廊下をすごい勢いで走ってくる誰かの靴音。

「うわ、あと二分じゃないか！　ユウタロ！　ユウタロ！」

ダイニングのドアから、アントニオが転げるようにして入ってくる。時計を覗き込みながら、

「信じられない。会議はダラダラ長引くし、車は渋滞《じゅうたい》しているし。『恋人とクリスマスデートがあるから帰る！』と叫んで席を立ち、途中でリムジンを捨てて走ってしまった。……ユウタロ」

彼は、髪はグシャグシャで、ネクタイは曲がってて。でも、すごく優しい目をして笑う。

「……愛しているよ、ユウタロ。間に合ってよかった……」

「ねえねえ、このケーキもオレが焼いたんだよ！　今年のあきやの誕生日に、パティシエに習っただろ？」

ろうそくの光の中。オレは冷蔵庫の中から、イチゴの乗ったクリスマスケーキを出してみせる。

アントニオは、オレが作ったごちそうを、美味《おい》しい！　って全部平らげてくれて、オレは

なんだかものすごく嬉しかった。彼は、オレが切り分けたケーキもちゃんと食べて、

「うん、すごく美味しい。さすがユウタロ」

言いながら手を伸ばし、オレの分のケーキからイチゴを摘《つま》み上げる。

「あっ！　だめだよ！『ガツガツしないのがオトナの贅沢』じゃなかったの？」

オレはケーキの皿を置き、彼の指からイチゴを取り返そうとする。

「だめ！　ズルいよ！　オレだってイチゴ好きなんだから！」

「わかった、わかった！　……じゃあ、あーん。口を開けて」

口を開けると、彼はセクシーな目になって、冷たいイチゴでオレの唇の輪郭《りんかく》をスッと撫でる。

「……あ……！」

彼のキスで敏感にされたオレは、思わず声を上げ、くすぐったさにかぶりを振ってしまい
……オレの綿シャツの開いた襟元《えりもと》から、生クリームたっぷりのイチゴが中に転げ落ちてくる。

「入っちゃったじゃないか！　冷たい！　……あーあ、お腹の方まで、生クリームでベタベタ！」

オレは笑いながらボタンを外し、ふと目を上げて……アントニオの苦しげな顔にドキリとする。

彼は、オレから目を離さないまま静かに立ち上がる。オレは魅入《みい》られた獲物のように動け

ない。

抱き上げられ、そのまま床の上に押し倒されて、緊張に喘《あえ》いでしまう。

彼の指が、シャツをそっとはだける。唇が下りてきて、胸元に柔らかくキスをする。

「……あっ……」

彼の舌が、オレの肌についたクリームを丹念に舐めながら、ゆっくりと下りていく。

「……美味しい《Buono》……」

イタリア語で囁かれ、オレの身体がピクンと震えてしまう。

彼はベルトのところで止まっていたイチゴを見つけ出し、それを咥《くわ》えて身体を上にずらす。

唇にそっと押し当てられてオレは思わず口を開き、口移しでそれを食べさせてもらってしまう。

オレの歯の間でイチゴがつぶれ、冷たい果汁がオレの口もとからあごに伝《つた》う。

甘酸っぱい汁に濡れたオレの唇に、彼の唇が重なってくる。味わうようにして長いキスをする。

「……愛してるよ、ユウタロ。ごちそうの続きは……？」

囁かれ、オレはもうどうしようもなくなって、彼の身体にキュウッとすがりつく。

「……愛してる、アントニオ。二人のベッドに連れてって……」

ANTONIO・2

「……ん……」

私の裸の身体にまわる、滑らかな腕の感触。

悠太郎のあたたかな手が、我を忘れたような無意識の動きで、私の背骨をたどっている。

「……んん、アントーニオ……」

いつもとは違う発音で、私の名前を呼ぶ。

その声は甘く、喘ぎに混ざってかすれ、その短い単語を繰り返されるだけで、私は恍惚《こうこつ》となる。

「愛しているよ、ユウタロ」

囁いて首筋に舌を滑らせると、悠太郎の敏捷そうに引き締まった身体がピクンと跳ね上がる。

「……あっ……」

悠太郎の声に、ますます甘いものが混ざる。

彼の身体にそって、唇を滑らせていく。鎖骨にキスをし、乳首に向かいながら肌を舐めていく。

「……んんっ……」

感じやすい悠太郎は、胸の飾りへの愛撫《あいぶ》の予感だけで、身体を硬くする。

私の舌は、敏感な部分まであとほんの五ミリ、というあたりを、わざとすり抜ける。

「……う、ううん……」

肩透かしを食らった悠太郎は、もどかしげな呻きを上げ、ますます体温を上げる。

私は彼の腰を抱きしめ、引き締まった腹にキスを繰り返す。

綺麗な形のへそに舌先を差し入れると、悠太郎はくすぐったそうに身をよじらせ、

「……ん、やめ……」

私の首のあたりに、悠太郎の中心が突きつけられている。

直接の愛撫はまだなのに、それはもう硬くなって、熔《と》けそうなほどの熱を帯びている。

試しに少しだけ身体を動かすと、先端から蜜《みつ》を垂らしている証拠に、濡れた感触がある。

「……あっ！」

悠太郎が、それだけの刺激で感じてしまったのか、驚いたような声を上げる。

知らないふりでわざと身体をずらすと、悠太郎の蜜が、クチュ、と淫《みだ》らな音をたてる。

「……あっ！　あぅっ　う、動くなよぉっ……！」

「ん？　どうした？　動くと何か都合の悪いことでも？」

わざと囁くと、怒ったような顔で睨んでくる。しかし、その目は甘く潤んでいる。

……本当に、可愛いんだから……。

私は、彼の先端をわざと擦《こす》るようにしながら、ゆっくりと身体をすり上げていく。

密着した肌の間で熱い蜜が溢れ、二人の身体に長く濡れた線を描いていく。

「……ああっ……いやっ……あああぁっ……！」

彼が切羽《せっぱ》つまった声を上げ、さらに透き通った蜜を零《こぼ》しながらピクンピクンと身体を震わせる。

「……ばか……ああ……」

息を荒くして喘ぐ悠太郎の唇の端に、ごく軽く口づける。

悠太郎は目を閉じ、しどけなく唇を開いて、次の本格的なキスを待つ。

私がそのままキスをしないで黙ってると、濡れた、色っぽいピンク色の舌が微かに動いて、

「……アントーニオ……」

一つの単語を紡《つむ》ぐ。私は我を忘れて彼に襲いかかりそうになるが……辛《かろ》うじて踏みとどまり、

「愛しているよ……どうして欲しいか言ってごらん」

「……ちゃんと……ちゃんとキスして……あなたのキス、オレすごく好きだ……」

私は彼の腰に手をまわし、強く抱きしめる。

「じゃあ、たくさんキスをしよう。愛しているよ、ユウタロ」

「……あ……」

囁くだけで喘ぐ彼の唇に、深く唇を合わせる。舌を滑り込ませると、彼の身体に震えが走る。

悠太郎が恥じらいながら、そっと舌を絡《から》めてくる。そのぎこちないキスが、私に火を点ける。

彼の舌を貪《むさぼ》りながら、滑らかな腰のラインを両手で撫で上げる。

「……んっ……」

そのまま手を滑らせ、彼の胸の飾りにそっと触れる。悠太郎の敏感な身体がピクンとのけぞり、二人の唇が、唾液《だえき》の糸を光らせながら離れてしまう。

「……あっ……いやだ……」

悠太郎は悲しげに言い、またキスをねだるような顔をするが、乳首に触れた指をそっと動かすだけで、かぶりを振って切ない声を上げてしまう。

「……ああんっ……そんなとこ……んんっ……」

すぐに可愛く先端をとがらせる彼の乳首を、左右同時に軽く摘み上げる。

「……はあっ……あっ……やめっ……」

きゅっと揉《も》みこむだけで、彼は身体をのけぞらせ、中心の先端から快楽の蜜を零す。

「指で触れただけなのに。君は本当に感じやすい。こんなに色っぽい顔を前から知らなくてよかった。絶対に一年も我慢できなかったよ」

思わず囁くと、悠太郎は荒くなってしまった息の下から、

「……だって……あなたの手、それに指……」

胸の飾りの先端をそっとくすぐるように愛撫すると、彼は、ああ、と喘いでから、

「……あなたの手、さらさらで、滑らかで、触られると羽根で撫でられてるみたいで……」

泣きそうな顔で言われて、あまりの可愛さに私は笑ってしまいながら、

「いちおう私は大富豪の御曹司《おんぞうし》だ。デザインペンより重いものは持ったことがないからね。それで君が喜んでくれるのなら、ガヴァエッリ家に生まれたかいがあったというものかな？」

勃ち上がっている彼の中心を、そっと握りこむ。濡れそぼった表面がクチュ、と音をたてる。

「……や……いや……イ、イッちゃうよ……！」

わずかに動かしてやるだけで、悠太郎は甘い甘い声を上げてのけぞる。

ツン、と先をとがらせた乳首に、唇を下ろす。キスをし、舌でそっと舐め上げてやると、悠太郎の中心がさらにギュッと反《そ》り返る。もうそれは、ギリギリ近い硬度に達している。

「ユウタロ、イッていいよ。今夜はもう、我慢しないで」

囁いて、張り詰めた先端に丸く蜜を塗《ぬ》りこめてやる。悠太郎は硬く目を閉じ、身体を震わせて、

「……あっ、あっ、イクッ、あ、あああ……んっ！」

甘い声を天井に響かせ、悩ましくのけぞり、私の手の中に熱い欲望を放った。

YUTARO・3

「……あっ、あっ、イクッ、あ、あああ……んっ！」

オレは無我夢中で叫び、我慢できずに、アントニオの手の中に放ってしまう。

息を切らし、余韻に身体を震わせるオレを、彼が優しく抱きしめる。

「イク時の君は……本当にとても色っぽいな」

セクシーな声で囁かれ、オレはあまりの恥ずかしさに思わず泣いてしまう。

「ユウタロ……君が欲しい……食べていい？」

「……あっ……！」

彼の濡れた指が後ろにまわり、滑《なめ》らかに谷間をたどっている。

「……あぁっ……！」

敏感な一点を的確に探し当て、蜜の力を借り、クチュッと音を立てて侵入する。

「……あっ、いやっ、うう……」

オレのそこに滑り込んだ彼の指は、オレをほぐすようにしながらそっと揺らされている。

内側の一点を探し出し、そこを確かめるようにキュッと刺激してくる。

「……あっ、そこっ、だめっ、ああっ……！」

初めてキスをした夜から、彼は恋人としてのオレにいろいろなことを教え込んだ。

キスの時の速い鼓動、抱き合う時の高い体温、そして彼の指が身体を滑るだけで走る快感。

教え込まれたオレの身体は、今はアントニオの指を感じるだけで、敏感に反応してしまう。

まだ誰も受け入れたことのないそこは、でも快楽の予感に痺《しび》れるように熱くなって……。

……ああ、どうしてこんなにも、彼が欲しいんだろう……？

「……アントニオ……オレ……」

「ん？　痛い？」

アントニオは指の動きを止め、心配そうにオレの顔を覗き込んでくる。オレはかぶりを振って、

「……ううん。……して。……オレを、あなたのものに、して……」

言葉の最後が終わらないうちに、オレの両脚が持ち上げられる。

濡らされ、ほぐされた部分に、燃えるように熱いものが押し当てられる。

アントニオは、震えているオレの身体を優しく抱きしめ、耳に唇をつけて、

「怖くない。私に任せて。愛しているよ、ユウタロ」

甘い声で囁かれると、全身から力が抜ける。

その一瞬の隙《すき》を突いて、灼熱《しゃくねつ》の彼が、グッと押し入ってくる。

「あああっ！」

オレはのけぞり、入り口でそれ以上の侵入を拒《こば》むように、ぎゅっと締めつけてしまう。

どうしていいのか解らないでまた泣いてしまうオレの中心を、彼の手がそっと包む。

さっき垂《た》らした蜜の残りを塗り込めるように上下し、先端に滑らかに円を描く。

「……んっ、んんっ……やあ、んっ……」

さっき教えられたばかりの快感の記憶に、身体が熱くなる。全身が甘く熔けだしてしまう。

喘ぐオレの内部に、逞しい彼が一気に押し入ってくる。

「……くぅっ……んんっ……！」

初めての痛みと、すごい圧迫感。でもオレは、ずっと待ち焦《こ》がれていた彼を受け入れることができる喜びに震えながら、深い場所まで彼を受け入れた。

「動くよ。大丈夫？　我慢できる？」

アントニオが、優しい声で囁いてくる。オレは目をぎゅっと閉じたまま、

「キスして。オレが怖くならないように」

言うと、彼は、オレの唇に何度も何度もあたたかいキスを繰り返して、

「……愛している。ずっと欲しかった。でもずっと我慢していた。長かったよ……」

その言葉に、オレはなんだか泣きそうになりながら、彼の肩に手を回し、

「……きて、アントーニオ。オレもずっとあなたが欲しかったんだ……」

彼が、いたわるようにオレを抱きしめながら、ゆっくりと動き始める。

「……あっ、あっ、あああんっ……！」

さっき刺激された一点を、アントニオは確実に責めてくる。オレはどうしていいのか解らないほど感じてしまって、二人の部屋に甘い声を響かせ、愛する人の肩にすがりつく。

……ああ、初めてなのに、こんな……。

二人のベッドは彼の動きに合わせて揺れ、オレたちはまるで海の上で抱き合っているみたい。

彼はオレを愛しげに胸に抱きしめ、嵐の波が打ちつけるように激しく責めてくる。

「……あっ……あっ……アントーニオ……アントーニオ……！」

オレはただ感じ、彼の名を呼びながら喘ぎ、そして我慢できずに、ドクン！　と放ってしまう。

「……あっ、いやっ、あっ、あああぁ……っ！」

きゅううっと締めつけてしまうと、彼は悩ましく眉をひそめ、ため息とともにオレの中に放つ。

「……愛しているよ、ユウタロ……！」

抱きしめてくれる彼の腕のあたたかさを、オレはずっと忘れないように、心に刻み付けていた。

「……大丈夫？　つらくない……？」

シャワーの後。ベッドに横たわったオレの隣によりそって、彼が囁く。

あの後、彼はオレを抱いてバスルームに運んで、身体を洗ってくれた。

それはいいんだけど、そのまま、お風呂の中でもいっぱいされちゃって。

「……つらくないよ……けど、ちょっと……」

感じすぎちゃった、と心の中で付け加えて頬を彼の肩にすり寄せると、彼はクスリと笑って、

「……ちょっと？　あんなにしたのに、まだちょっと足りない？　エッチな子だな、ユウタロは」

背中にまわった手を下に滑らせようとする。オレは怒ってその手をピシンと叩いて、

「ちがう！　やりすぎなんだよ！　エッチなのはどっちだ！　……あ！」

叫んだオレの目に、窓の外の景色が入る。慌ててアントニオの肩を揺さぶって、

「アントニオ！　雪だよ、雪！　東京でクリスマスイヴに雪が降るのは、本当に珍しいんだ！」

大きく取られた窓の外。チラチラと白いものが舞い落ちている。

それはオレが電飾を点けてクリスマスツリーにした木々の上に、うっすらと積もってきていて。

ホワイトクリスマスなんて呼ぶにはほど遠いけど、それはやっぱりすごく美しい風景で。

「そういえば、ごちそうがあまりに美味しくて、言うのを忘れていたな」

アントニオが、窓の外を見つめながら言う。

「え？　なんだっけ？」

オレが聞くと、彼は片目をつぶってベッドから立ち上がり、ミニバーの前に行って冷蔵庫を開けている。中からシャンパンを取り出してコルクを開け、グラスと一緒に持って戻ってくる。

オレにグラスを一つ渡して、泡立つ金の液体をグラスに注ぐ。

「ブォン・ナターレ、ユウタロ」

オレをまっすぐに見つめて言う。オレは、去年の二人を思い出しながら、グラスを上げて、

「……メリー・クリスマス、アントニオ……」

一口飲むと、冷たく冷やされたそれは、フルーティーで深みがあってものすごく美味しかった。

「あ！　そういえば、あなたにプレゼントがあるんだ！」

オレはサイドテーブルにグラスを置き、手を伸ばしてベッドの下を探る。

「ああ、そういえば、私も君にプレゼントがある」

アントニオも言いながらグラスを置き……なぜか、反対側のベッドの下を探ってる。

オレたちは二人とも、細長くて薄いプレゼントをベッドの下から引っ張り出し……、

「な、なんでベッドの下に隠してあるんだよっ！」

オレが赤くなりながら言うと、彼は笑いながらオレを横目で眺めて、

「君と同じ理由だよ。『メリー・クリスマスを言うのは、ベッドで終わった後だろう』と思って」

「オ、オレはそんなこと思ってないけどっ！　……もしかして、中身も同じ……ネクタイ？」

「どうやら我々は、去年のマサキたちがうらやましかったようだな。今年は二人に見せつけてやろう」

彼は笑い、それから胸が痛くなるような真摯《しんし》な声で、

「君といると人生が楽しくて仕方ない。運命の恋人が、君で嬉しいよ。……探し続けてよかった」

「オレも、運命の恋人があなたで嬉しい。……けど、最初から、ちょっとやりすぎだぜっ！」

嬉しくて、照れてしまって、わざと言うオレを、彼はセクシーな目で見つめ、

「なにを言っている？　『プレゼントは一晩中のアレ』だよ。これからじゃないか」

「ば、ばっかやろーっ！　そういうこと言うなら、もうキスもエッチもおあずけに……！」

叫んでいるオレをつかまえ、ベッドに押し倒して、彼が唇を合わせてくる。

その、愛してる、って囁くような、甘くて情熱的なキスに、オレの身体は簡単に熔けてしまう。

……ずっとずっと一緒にいたい……毎晩でもキスしたい……。

彼の腕に抱かれながら、オレは心からそう思ってしまう。

ああ、オレの恋人の副社長は……ホントにキスが上手なんだ。

Arancia Del Sole

ANTONIO・1

「あきや。ここ、すっごく素敵なレストランだと思わないか？」

就業中のデザイナー室。晶也《あきや》がめくっている雑誌を覗《のぞ》き込みながら、悠太郎《ゆうたろう》が言う。

「ほら、料理もすっごく美味《おい》しそうだし」

晶也はうなずき、そして楽しげな声で言う。

「本当にお洒落《しゃれ》だよね。こういうの、ヌーベル・スパニッシュって呼ぶのかな？」

「スペインの『エル・バジ』みたいな感じのこういう実験的な料理、最近流行だよね」

悠太郎が紙面に目を落とし、うっとりと言う。

「一度でいいから、こんなところで、食事してみたいなあ」

私はその言葉を聞いて思わず立ち上がり、足音を忍ばせて悠太郎の背後に立つ。

「ゴホン。ミスター・モリ、ミスター・シノハラ。今はまだ仕事中なのだが？」

咳払いをして言ってやると、悠太郎と晶也は揃ってギクリと肩を震わせる。

「す、すみません！」

「びっくりさせるなよ、ガヴァエッリ・チーフ！　心臓止まるかと思った！」

「就業中に私語をした罰で、雑誌を没収」

私は手を伸ばし、デスクの上に広げられていた雑誌を取る。それはデザイナー室で取り寄せている宝飾品の専門誌で、『宝石を着けていくのに相応しい、ディナーが最高の店』という特集が組まれていた。スペインの宝飾品メーカーとのタイアップのようで、メインはカクテルドレスを着て豪華な宝飾品を着けたモデルだが……それだけでなく、店の外観や内装、料理、さらにグラン・シェフの顔までが大きなカラーのグラビアになっている。

「ああ、ここか」

グラン・シェフの写真を見て、私は思わず言う。

「バルセロナの郊外にあったレストランで、最近東京に移転した。オープニングパーティーの招待状をもらったが出張で行けなかった。そろそろ訪ねようかと思っていたところなんだ。……ここのディナーなら、文句なしに最高だろう」

「この店のこと、前から知ってたの？」

悠太郎が驚いたように言う。私はうなずいて、

「スペインで最高のレストランだと、私はずっと思っていた。仕事でバルセロナに行った時には自家用ヘリを飛ばして、必ず足を運んだものだ」

「自家用ヘリ！　なんて格好いい響き！」

「さすが大富豪のガヴァエッリ・チーフ！　さらっとすごいことを言うわよね～」

紅二点の野川《のがわ》と長谷《はせ》が言い、デザイナー室の面々が楽しそうに笑う。

「友人の店の開店祝いに、押しかけるというのもいいかもしれないな」

私が思わず呟くと、悠太郎が身を乗り出して、

「それって……もしかして、ガヴァエッリ・チーフのおごり？」

目をキラキラさせながら言われて、私は苦笑してしまう。

「わかった。日頃、頑張っている君達にご褒美かな？」

言うと、デザイナー室の面々が歓声を上げる。私は記事に目を落とし、

「ああ……ちょっと待ってくれ。パーティーの予約は一年先までいっぱい、少人数のディナーでも半年待ちと書いてある。もしも予約が取れたら、の話になるが？」

「もちろんそれでオッケー！　半年でも一年でも待つ！」

悠太郎が言い、デザイナー室の面々が深くうなずいている。この新しいものに対する探究心もまた、クリエイターには大切なことだろう。

「わかった。グラン・シェフに電話をして、予約が取れるかどうかを聞いてみよう」

「わ～い、やったぜ！」

嬉しそうに言う悠太郎の顔を見ながら、その店がまだバルセロナにあった頃のことを思い出す。当時の私はまだ悠太郎と結ばれることができず、熱く切ない恋に身を焦がしていた。

本当に魅力的で、眩暈《めまい》がするほどに色っぽい悠太郎と一つのベッドに眠りながら、しかし絶対に抱いてはいけないと自分に言い聞かせ、夜毎に苦しみ……。

「何、何？　黙っちゃって。もしかしてすんごく高い？」

悠太郎が立ち上がり、すぐ間近から私の手元の雑誌を覗き込んでくる。艶《つや》のある黒い髪が揺れ、レモンとハチミツを混ぜたような芳《かぐわ》しい彼の香りがフワリと鼻腔をくすぐる。それだけで、私の心はあの時のように甘く熱く疼《うず》いてしまう。

「もしヤバいようなら、会費制にするけど？」

長いまつげがまたたき、黒曜石のように煌《きら》めく黒い瞳が私を真っ直ぐに見上げてくる。私は、相変わらずの彼の無邪気さに苦笑しながら、

「君は私を誰だと思っている？　世界的な大富豪、ガヴァエッツリ一族の一員であり、ガヴァエッツリ・ジョイエッロの副社長……」

「副社長らしく、きちんと仕事をいただけると嬉しいのですが？」

慇懃無礼《いんぎんぶれい》な声がして、私の手から雑誌が引き抜かれる。いつの間にか脇に立っていた雅樹《まさき》が、私から取り上げた雑誌を晶也のデスクに戻す。その代わりにガヴァエッツリ・ジョイエッロのマークの入ったブルーの会議用のファイルを私に差し出して、

「商品企画会議の時間です。無駄話はやめて、会議室に行きますよ」

私をチラリと睨《にら》み……それから、申し訳なさそうな顔をしている晶也に目を移す。

「篠原《しのはら》くん、君は宝飾品の資料を見ていただけ。無駄話をして騒いだのは森《もり》くんとガヴァエッリ・チーフ。そんな顔をしなくていいんだよ」

私にはあんなに冷たい声を出す雅樹が、まるで別人のような優しい声で言う。

「……黒川《くろかわ》チーフ……」

晶也が目を潤《うる》ませて雅樹を見上げる。雅樹は愛《いと》おしげな目で晶也を見下ろして言う。

「来週〆切のチョーカーのデザインラフは、もう出来上がっている？　もしよかったら、商品部の金庫に行って、合いそうな中石を一緒に探さないか？」

まるでデートにでも誘われたかのように、晶也の頬がふわりとバラ色に染まる。

「はい、ご迷惑でなければ、ぜひ」

「会議の後だから、就業後になってしまうが……時間は大丈夫？」

「はい、大丈夫です」

晶也が言って、今にも蕩《とろ》けそうに色っぽい顔で雅樹を見上げる。雅樹は熱い欲望を滲《にじ》ませたとてもセクシーな目で晶也を見つめ……。

……まったく、この二人は。このまま放っておいたら、この場でキスでも始めそうだ。

「マサキ、商品企画会議の時間だ。アキヤを口説くのはそのへんにして、会議室に行くぞ」

私が言うと、雅樹がムッとした顔で振り返る。悠太郎が可笑《おか》しそうに笑っている。

……ああ……あんなに苦しかった恋が無事に実ったなんて、今でも信じられない。

YUTARO・1

雑誌で記事を見つけたその夜に、アントニオはすぐ店に電話をかけてくれた。やっぱりものすごい人気の店みたいで、デザイナー室のメンバー全員分の予約を入れられるのは八ヵ月後、ということだった。だけど二人だけならなんとか席を準備する、と言われたみたいで、その週末に、オレとアントニオは麻布十番にあるその店に早速出かけた。

専用の駐車場に停まっているのはすごい高級車ばかりだったし、古い洋館を使っているらしい店の外観は重厚でしかもお洒落だし……オレはやたらと緊張してしまった。

ドアの向こうで出迎えてくれたのは、まだ若いスタッフだった。だけどきちんとお仕着せを着ているところを見ると、彼がメートル・ド・テルかもしれない。彼はお辞儀をしてから、こんばんは、とオレに人懐こく笑いかけ、それからアントニオを見上げる。

「お久しぶりです、ガヴァエッツリさん。なんだか懐かしいなあ」

「やあ、ミツノ。君もエドアルドと一緒に東京に本拠地を移したんだね」

「なんとか連れて来てもらいました。ソムリエのガルニエールも一緒です。……お席にご案内します。どうぞ」

彼はエントランスホールから絨毯の敷かれた廊下に入る。さすがに洋館だけあって、壁や天井、窓枠のデザインまでも配慮が行き届いていて、どこもかしこも格好いい。若いメートル・ド・テルは、突き当たりにある両開きの扉を大きく開く。

「うわ、綺麗」

オレは思わず声を上げてしまう。ドアの向こうは広いメインダイニングで、上品な服装をした人々が、楽しげに料理を味わっていた。高い天井からはアンティークらしい柔らかな色のシャンデリアが下がり、煌めきながら広い店内を照らしている。十分な間隔をおいて並べられたテーブルや椅子《いす》も、やはりアンティークらしいシックな飴色のもの。大きな窓の向こうには広がる芝生の庭とオブジェみたいに美しいビル群、そして東京タワー。

「二階の個室を用意しています。こちらへどうぞ」

ミツノと呼ばれた彼はメインダイニングを横切って歩き、右手にあるドアを開く。その向こうは高い天井を持つホールになっていて、風情のある手摺りを持つ階段が続いている。彼は先に立って階段を上り、廊下を歩いて一番奥にあるドアを開く。そこはこじんまりとした美しい個室で、飴色のアンティークの丸テーブルと、布張りの椅子が四脚置いてある。紅色の絹が張られた壁、天井から下げられた小さな鋳鉄《ちゅうてつ》のシャンデリア。まるで貴族の屋敷の家族用のダイニングに招かれたみたいですごく落ち着く空間だ。

「へえ……どこからどこまで素敵な店だなあ」

席に座りながらオレは思わず呟《つぶや》く。ミツノくんは嬉しそうに微笑んで、

「ありがとうございます。グラン・シェフがすぐにご挨拶に来ますので……」

彼が言った時、個室のドアに慌しいノックの音が響き、ドアがいきなり開いた。入ってきたのは、純白のシェフコートを着た背の高い男性。

「アントニオ。久しぶりだな」

彼は賑やかな声で言って長いストライドで部屋に入ってくる。いかにもスペイン人って感じの陽性のオーラを持った人で、彼が入ってきた途端に、部屋の中が太陽の光に包まれたかのように明るい雰囲気になる。立ち上がったアントニオと、握手を交わす。

「やあ、エドアルド。お言葉に甘えて早速お邪魔した」

「あの時、日本支社に異動したと言っていたから、東京に店を出せばいつかは来るだろうと思っていた。電話をもらえて嬉しいよ」

ワイルドな感じの美形の彼は、白い歯を見せて楽しげに笑う。ちょっとだけ癖があるけれどかなり流暢な日本語を話している。

「最後に会ったのは……バルセロナのあの店で、朝までグラッパを飲んだくれた時かな？」

「あの次の日は、史上最悪の二日酔だった。まあ、とりあえず会議には出たけれどね」

アントニオは苦笑し、それからオレの方を振り返る。

「ユウタロ、彼は私の友人でこの店のグラン・シェフ、エドアルド・トリスタン。……エドアルド、彼がユウタロウ・モリ。私の恋人だ」

あっさり言われたことにオレは驚き、それから慌てて立ち上がる。

「森悠太郎です。初めまして」

「エドアルド・トリスタンです。アントニオとは古い知り合い、かな？」

彼は言ってオレと軽い握手を交わし、それからオレを真っ直ぐに見下ろす。そのまましばらくオレを見つめ、なぜか感動したような声で、

「たしかに、おまえが惚れるのも無理はない。彼が、あの時に言っていた子だろう？」

「そう。あの時に言っていた彼だ」

「もしかして、グラッパを飲んだくれながら、朝までオレの悪口を言ってた？」

オレが睨み上げると、アントニオは可笑しそうに笑う。

「まさか。君へのつらい想いを語っていたら、朝になってしまったというだけだ」

「つらい想い？　なにそれ？　もしかしてオレが〆切をすぐ破るから？」

「そうではないよ」

エドアルドさんが、なんだかすごく優しく笑いながら言う。

「アントニオは、愛する君に想いがなかなか伝わらないことに苦しんでいた」

彼の言葉に、オレはドキリとする。

「だが、無事に進展があったようだな。恋人同士になれたようで本当によかった」

彼は、オレとアントニオに向かってにっこりと笑い、

「あ……オシノ！」

開いたままのドアから、廊下のほうに声をかける。

「紹介しよう。料理評論家であり、この店のオーナーでもある、タケヒコ・オシノ」

ドアのところに姿を現した人を見て、オレは思わず息を呑む。すらりとした身体を柔らかい色のスーツに包んだ彼は、まるで精巧に作られた磁器人形みたいに人間離れした、とても綺麗な人だった。彼は綺麗なカラメル色の目でオレを見つめ、フワリと笑みを浮かべる。急に人間らしくなった彼を見て、鼓動が思わず速くなる。

「ようこそ、『レスタウランテ・トリスタン』へ」

綺麗な顔に似合った澄んだ声で言われて、ますますドキドキする。オレは慌てて、

「森悠太郎です。ガヴァエッリ・ジョイエッロでジュエリーデザイナーやってます」

「アントニオ・ガヴァエッリです。エドアルドとはスペイン時代からの知り合いかな？」

アントニオは言い、それからトリスタンさんを見上げて意味ありげに笑う。

「なるほど、彼があの時に言っていた？」

「ああ。彼があの時に言っていた人だ」

「なんのことだ、トリスタン？」

オシノさんが言って、トリスタンさんをチラリと睨み上げる。容姿がとても整っているから、こういう顔をするとなんだかすごい迫力だ。

「アントニオと最後に飲んだ時、俺は一目ぼれしたあんたへの想いに苦しんでいた。どうしたら氷の女王様のようなあんたを落とせるか、そればかりを考えて深刻に悩んでいた」

トリスタンさんの言葉に、オシノさんが驚いたようにチラリと眉《まゆ》を上げる。

「まあ、氷の女王様だったあんたは、今ではとてもエッチで色っぽい恋人に……うっ！」

トリスタンさんがいきなりうめき声を上げる。思わず見下ろすと、オシノさんの綺麗に磨かれた革靴が、デッキシューズをはいたトリスタンさんの足を思い切り踏みつけていた。

「いらないことを言っていないで、さっさと料理を作ったらどうだ、このバカ犬」

まさに氷の女王様って感じの怖い口調で言い、それからオレ達ににっこり笑いかける。

「この男は性格は最低ですが、料理の腕だけは最高です。どうぞお楽しみください」

「すぐに料理を運ばせるから、最後まで楽しんでくれ。……オシノ！」

トリスタンさんは言って、オシノさんの後を追いかけるように部屋を出て行く。

……うわあ、なんだか、微笑ましい。

◆

「……オシノさんの言うとおり、トリスタンさんの料理は本当に最高かも！」

オレはうっとりして叫ぶ。

前菜は『茹《ゆ》でたアスパラガス　トリュフと卵のあたたかなエスプーマ添え』、魚料理は『ブロン種の生牡蠣《がき》・バルサミコ酢とオリーブのゼリー・胡麻クロッカン添え』、肉料理は『リー・ド・ヴォーのソース・ボルドレーゼ』。アントニオがスペインで大好きだったメニューにさらにアレンジを加えたものらしく、どれも本当に最高だった。

「デザートの『恋人同士のあたたかなクレープ・シュゼット　媚薬入りオレンジソース』。あ、もちろん名前だけで変な薬は入っていませんので、念のため」

ミツノくんが言ってデザートの皿を並べ、ごゆっくり、と言って部屋を出て行く。

「……ああ、めちゃくちゃいい香り……」

あたたかい湯気を上げるクレープには、美しいオレンジのソースがかけられ、青い炎が揺れている。炎が消えるのを待ってスプーンでそれをすくい、口にそれを入れて……。

「……んん……！」

口の中に広がるふわりと広がるのは、新鮮なオレンジと、オトナっぽいコアントローの香り。スパイスとしていくつかのハーブが加えられているみたいですごく芳《かぐわ》しい。クレープは舌の上で蕩けて、小麦粉と卵とバターのとても香ばしい味が舌を酔わせて……。

「……美味しい。本当に媚薬が入ってるみたい。なんか発情しそう……」

オレは思わず言い……それからアントニオの呆然とした顔に気づいて赤くなる。

「あ……何言ってるんだ、オレ？　タイトルに惑わされたかな？」

アントニオは、笑わずにオレの顔を真っ直ぐに見つめてくる。その視線に、オレは、さっきトリスタンさんと彼が話していたことを思い出す。

「あなたと付き合う前のオレ、何も考えてなかったな。あなたの部屋に行くのは楽しかったし、あなたのそばは居心地がよかった。だから、しょっちゅう遊びに行っちゃってた」

クレープ・シュゼットを味わいながら、オレはため息をつく。

「それであなたのことを苦しめていたなんて、思ってもみなかった」

アントニオは何も言わずにしばらく黙り……それから静かな声で、

「たしかにあの頃の私は苦しんでいたけれど……それはもちろん君のせいではないよ」

「でも……オレがはっきりしなかったから……」

オレの言葉を、アントニオは片手を上げて止める。

「私は、男性しか愛せない人間だ。だが、君はそうではなかった」

彼の言葉に、オレは驚いてしまう。

「そんなことないよ。オレ、あきやのことが大好きだった。だからオレだってゲイだ」

「君がアキヤに対して抱いていたのは、例えば家族に対するものによく似た、深い親愛の情だろう。少なくとも、それは恋愛感情ではないと私は思う」

アントニオに言われて、オレは少し考える。それから、

「晶也といるのはいつも楽しい。晶也は頭がいいし、すごく優しいから。だけど……」

「だけど？」

「あなたといる時は、全然違う気持ちになることに、オレはだいぶ前から気づいてた。ドキドキするし、心が痛くなったりするし、時には身体までおかしくなるし……」

オレは、彼の端麗な顔を見つめながら正直に言う。

「もしもあれが恋だとしたら、オレ、かなり前からあなたに恋してたのかな」

アントニオは驚いたように目を見開いて、息すらも忘れたようにそのまま動きを止める。

それからふいに手で顔を覆い、とても深いため息をつく。オレは慌てて、

「ごめん、さっさと気づけって感じ？　オレってめちゃくちゃ迷惑なヤツだよね」

アントニオはかぶりを振り、そしてオレを真っ直ぐに見つめてくる。

「一人きりで苦しんでいたあの時期、本当は君も愛していてくれていたのかもしれない……そう思ったら、嬉しくて、君が愛おしくて、心が痛くなったんだ」

彼の漆黒の瞳の奥には、熱く、そしてとても切なげな光。

「アントニオ、オレ……」

「そんな顔をしないでくれ」

アントニオはデザートの残りを美味しそうに食べ、それからセクシーな顔で笑う。

「これには本当に媚薬が入っているのかな？　今すぐに、君を抱いてしまいそうだ」

……ああ、オレまで今すぐ発情しそう……。

ANTONIO・2

「これは、イタリア製のいいミネラルウォーターだからな」

悠太郎が言いながら、キッチンの鉢に植えられたオレンジの木に水をやっている。

「たくさん葉をつけて、綺麗な花を咲かせて、いつか大きい実をつけろよ」

この家に引っ越したばかりの時、二人でホームセンターと呼ばれる大型店舗に行った。悠太郎はそこで掃除用具や台所用品を買い込み、そして店の外にある園芸用品の前で立ち止まった。そこにはプラスティックの鉢に入れられたさまざまな美しい花や、元気に葉を茂らせた木が並べられていたが……その片隅に、枯れかけた一本の小さな苗が倒れていた。ただの棒を鉢に刺したようにしか見えないそれは、その夜にでも捨てられるために選り分けてあったのだろう。悠太郎はそこに近寄り、しゃがみこんだ。そして「まだ生きてるのに。見て」と呟いた。悠太郎が指差した場所には、本当に小さな小さな芽が出かかっていて……まだ自分は枯れていないのだと主張しているようだった。悠太郎は素朴な鉢とその小さな苗を買い(店員は本当にこれでいいのか、と確認したが悠太郎は黙ってうなずいた)、私はその苗の植えられた鉢を、キッチンの陽当たりのいいところに置いてやった。その木は細くて小さいが、悠太郎が丹念に世話をしているせいで、こうして葉を茂らせるようになってきている。

「見て。また新しい芽が出たよ」

悠太郎が立ち上がり、木を見下ろしながら嬉しそうに言う。

「話しかけながら育てると、いい木に育つんだ。将来、たくさんオレンジの実がなるよ」

「その時には、種を取って別の鉢に植え、果実はありがたく食べさせてもらおう」

私は言い……もう我慢できなくなって、しなやかな悠太郎の身体を後ろから抱き締める。

「もしも実がなったら、どうやって食べたい？」

グラスを取り上げてシンクの上に置き、後ろから首筋にそっとキスをしてやる。悠太郎は小さく息を呑み、それから動揺したことを隠そうとするかのような明るい声で、

「オレンジを使ったコースにするよ！　まずはジュースにして食前酒のカクテル！」

「それから？」

囁いて、もう一度キス。くすぐったかったのか、悠太郎がクスリと笑う。

「オレンジのドレッシングにして、海老を使ったサラダ添えにかけても美味しいよね」

「その次は？」

さらにキスをすると、悠太郎はピクンと身体を震わせて、

「……あ……ちょっとスパイシーなオレンジソースにして、鴨にかけても……」

首筋にゆっくりと舌を這《は》わせると、彼の唇から切なげな喘《あえ》ぎが漏《も》れる。

「その次は、ユウタロ？　きちんと言ってごらん」

囁《ささや》いてから、首筋に歯を立て、甘噛みをしてやる。

「……あ、ああ……っ」

私が歯を立てるたび、悠太郎は、とても甘い声を上げる。

「……媚薬入りの、オレンジの、クレープ・シュゼット……とか……アア……ッ」

キュッと強く噛んでやると、悠太郎はまるで達してしまったかのように身体を震わせる。

「どうした？　そんな甘い声を出して」

後ろから抱き締めていた腕を緩め、彼の両胸を両手で包み込む。彼のワイシャツの下、小さな乳首が熱を持って立ち上がっているのが解る。

手のひらの肌が乳首の先にほんの軽く触れただけで、感じやすい彼は大きく息を呑《の》む。

「今夜、オレンジのクレープ・シュゼットを食べた君は、目を潤ませて発情し、まるで達したかのような甘いため息をついた。私は、あんな美味を作れる天才であるエドアルドに、激しく嫉妬したよ」

指先で乳首をチョン、と弾いてやると、悠太郎の唇から切ない声が漏れる。

「……あぁ……っ！」

ワイシャツの布地越し、先端をくすぐるようにして引っかいてやると、悠太郎が身体を震わせながら顔を仰向ける。

「……や……ちが……っ」

仰向いた悠太郎の顔は、本当に美しく、そして震える唇と長いまつげが本当に色っぽい。

「違わないだろう？　あんな淫らな顔をしていたくせに」

私は囁きながら、彼のワイシャツのボタンをゆっくりと開いていく。むき出しになった乳首を指先で摘《つま》み上げ、ゆっくりと揉《も》み込んでやる。

「……あ、あ、あ……っ！」

仔猫のそれのように小さく柔らかい彼の乳首は、私の指先での愛撫《あいぶ》ですぐに硬くとがり、ピンク色から色っぽいバラ色に変わってくる。

「……ダメ、そんなことされたら、オレ……」

「もうこんなに先を尖らせている。乳首が、本当に感じやすいんだな」

私は彼の首筋にキスをして喘がせ、それから両手を滑らせる。細く引き締まった腹の滑らかな感触を楽しみ、スラックスに包まれた下腹に手を当てる。

「アッ！」

スラックスの布地越し、何かが硬く存在を主張しているのが解る。

「これは？　もしかして……もうここを硬くしている？」

確かめるために形をたどると、悠太郎は顔をさらに仰向かせながら切ない声を上げる。

「イケナイ子だ。布地越しでもわかるくらい、激しく反《そ》り返らせているなんて」

私は囁きながら、後ろから彼のベルトの金具を外す。スラックスのボタンを外してファスナーを下ろすと、悠太郎は甘く喘いで眉を寄せる。

「……あ……脱がせるなよ……あっ！」

彼の下着とスベスベとした肌の間に、右手を滑り込ませる。そして中に息づく欲望を手のひらに直に握り込む。それはすでに蕩けそうに熱くなり、しっかりとした硬さを持って勃ち上がっていた。

「もしかして、あの時も……」

「……く、う……っ！」

「ここを……こんなふうに熱くしていたのではないのか？」

ゆっくりと扱《しご》き上げると、悠太郎はビクビクと身体を震わせながら、その屹立の先端からドクリと先走りの蜜を溢《あふ》れさせる。

「このままイカせてしまいたい。……いい？」

先端のスリットを擦り上げてやると、悠太郎は泣きそうな顔で熱い蜜を溢れさせる。

「……あ……ダメ……！」

「本当にイケナイ子だ。こんなに蜜を垂らしているくせに。まだそんなことを……」

「……違う……そうじゃなくて……！」

仰向いている悠太郎の長いまつげが震え、彼がゆっくりと目を開ける。

「……指じゃなくて……あなたでイカせて……」

唇から漏れる淫らな言葉。漆黒の瞳の奥に、チラチラと燃える美しい欲望の炎が見える。

「ああ……なんて子だ」

私は彼のあごを持ち上げてその唇を深く奪う。それから、その耳にキスをして囁く。

「スラックスと下着を自分で脱いで。どのくらい発情しているのかを私に見せてくれ」

悠太郎は頬をバラ色に染めながらその通りにし、潤んだ目で私を見上げてくる。

「……アントーニオ……」

発情した時にだけ聞ける、その甘い発音。私はそれだけで理性のすべてを吹き飛ばす。私は彼の身体を抱き上げてシンクの作業台に座らせ、露わになった蕾《つぼみ》を欲望で貫く。

「……アアッ……アントーニオ……！」

彼の蕾は蜜の壷のように熱く蕩け、私を切なく締め上げてくる。そして目の前が白くなるほどの甘く激しい快感を、私に与えてくれる。

「ああ、君は本当にすごい。……愛している、ユウタロ」

「……うん、オレも愛してる、アントーニオ……」

私と彼は深いキスを交わし、そして甘い快楽の淵に堕ちて行く。

……ああ、私の恋人は、美しく、純粋で……そしてこんなにも色っぽい。

あとがき

こんにちは、水上ルイです。初めての方に初めまして。水上の別のお話を読んでくださった方にいつもありがとうございます。

この『副社長はキスがお上手』は一九九八年十一月に発刊されたジュエリーデザイナーシリーズ（以下ＪＤシリーズ）の番外編の第一弾です。本編はチーフデザイナー・黒川雅樹と、彼の部下である新人デザイナー・篠原晶也のお話。そしてこの番外編はガヴァエッリ・ジョイエッロの副社長であるアントニオと、彼の部下であるやんちゃな新人デザイナー・悠太郎のお話です。あ、第○弾とか番外とか書いてありますが、読みきりですのでこの本から読んでも大丈夫。ＪＤシリーズの入門編としてもオススメです。この文庫のためにショート（といいつつ二十ページなので長い・汗）を書き下ろしました。まったく別のシリーズのキャラもゲスト出演。気づいたら笑ってください（笑）。

実は。ＪＤシリーズを始めた当初、アントニオと悠太郎がカップルになる予定はまったくありませんでした（汗）。ジュエリーデザイナーをしていたのが何かの間違いでデビューしてしまっただけの私は、BL世界のことがよく解っておらず、この脇キャラ二人に妙に心惹《ひ》かれつつも、「一つの職場に男同士のカップルが二つもいるのは不自然だよね」と萌えを封印していたのです。しかし、デビュー作が発売になった直後から、読者さんからの「アントニオと悠太郎をカップルに！」という熱いリクエストがたくさん届き、そこで初めて「BLって二つのカップルがいてもいいんだ！」と知り、そしてこの『副社長はキスがお上手』を書き上げたのでした（笑）。JDシリーズが始まってから十二年、黒川×晶也、そしてアントニオ×悠太郎のお話の続きは、未だにたくさんのリクエストをいただいています。本当にありがとうございます！

昔からの読者さん、そしてルチル文庫さん版を読んでくださっている方はすでにご存知かと思いますが、このJDシリーズは今はなきリーフ出版さんから発刊され、リーフさん倒産とともに中断、絶版となっていましたが、ルチル文庫さんより復刊、続投が決定しました。たいへん思い入れの深い彼らのお話をまた続けられることが、本当に嬉しいです。既刊の出しなおしが完了するまでに時間がかかりますが、シリーズ新作は別のペースでの発刊を予定しております。シリーズ第一部は吹山りこ先生、第二部からは円陣闇丸先生にイラストをお願いしています。ノンビリペースだとは思いますが、頑張りますのでこれからもよろしくお願いできれば嬉しいです。

それではここで、各種お知らせコーナー！

★個人同人誌サークル『水上ルイ企画室』やってます。
オリジナルJune小説サークルです。(受かっていれば・汗)東京での夏・冬コミに参加予定。夏と冬には、新刊同人誌を出したいと思っています。カタログで見かけたらよろしく。
★水上の情報をゲットしたい方は、公式サイト『水上通信デジタル版』へアクセス。
『水上通信デジタル版』http://www1.odn.ne.jp/ruinet へどうぞ。最新情報を得る一番確実な方法は、公式サイトのトップページ&日記&掲示板を見ていただくことですので、WEB環境にある方はぜひ。超・不定期ですが携帯メールの配信もやってます。講読ご希望の方は、購読用空メールアドレス(r42572@egg.st)に空メールを送ってください。メルマガに返信すると、メルマガサイト経由で水上のPCにあなたのメッセージが転送されてきます(その場合、あなたの携帯アドレスも一緒に送られてきますのでご注意)タイミングが合えば水上からあなたの携帯に返信が届くかも?(笑)リクエスト、ご感想などお気軽にどうぞ。

それではこのへんで、お世話になった方々に感謝の言葉を。

大変お忙しい中、この本のために素敵なイラストを書き下ろしてくださった吹山りこ先生。セクシーなアントニオとやんちゃな悠太郎をどうもありがとうございました。これからもよろしくお願いできれば幸いです。

大変お世話になった幻冬舎コミックスの皆様、担当・O本様、どうもありがとうございます。これからもよろしくお願いできれば嬉しいです。

そしてたくさんのリクエストをくださった読者の皆様、本当にありがとうございました。黒川×晶也、アントニオ×悠太郎のラヴはまだまだ続きます。こちらも応援の方も、よろしくお願いできれば幸いです。それではまた次回、お会いできる日を楽しみにしています！

二〇〇九年　一月　　水上ルイ

✦初出　めぐりあうジュエリーデザイナー………リーフノベルズ「副社長はキスがお上手」（1998年11月刊）
ジュエリーデザイナーのクリスマス……リーフノベルズ「副社長はキスがお上手」（1998年11月刊）
副社長はキスがお上手…………………リーフノベルズ「副社長はキスがお上手」（1998年11月刊）
二人の二度目のクリスマス……………リーフノベルズ「副社長はキスがお上手」（1998年11月刊）
Arancia Del Sole………………………書き下ろし

水上ルイ先生、吹山りこ先生へのお便り、本作品に関するご意見、ご感想などは
〒151-0051 東京都渋谷区千駄ヶ谷4-9-7
幻冬舎コミックス　ルチル文庫「副社長はキスがお上手」係まで。

幻冬舎ルチル文庫

副社長はキスがお上手

2009年1月20日　第1刷発行

✦著者　水上ルイ　みなかみ るい

✦発行人　伊藤嘉彦

✦発行元　株式会社 幻冬舎コミックス
〒151-0051 東京都渋谷区千駄ヶ谷4-9-7
電話 03(5411)6432［編集］

✦発売元　株式会社 幻冬舎
〒151-0051 東京都渋谷区千駄ヶ谷4-9-7
電話 03(5411)6222［営業］
振替 00120-8-767643

✦印刷・製本所　中央精版印刷株式会社

✦検印廃止

ISBN978-4-344-81550-6　C0193　Printed in Japan